O QUE A CASA CRIOU

DIOGO MONTEIRO
O QUE A CASA CRIOU

1ª edição

EDITORA RECORD
RIO DE JANEIRO • SÃO PAULO

2021

CIP-BRASIL. CATALOGAÇÃO NA PUBLICAÇÃO
SINDICATO NACIONAL DOS EDITORES DE LIVROS, RJ

M775q Monteiro, Diogo
O que a casa criou / Diogo Monteiro. - 1. ed. - Rio de Janeiro: Record, 2021.

ISBN 978-65-5587-318-4

1. Contos brasileiros. I. Título.

21-72018 CDD: 869.3
CDU: 82-34(81)

Camila Donis Hartmann - Bibliotecária - CRB-7/6472

Copyright © Diogo Monteiro, 2021

Todos os direitos reservados. Proibida a reprodução, armazenamento ou transmissão de partes deste livro, através de quaisquer meios, sem prévia autorização por escrito.

Texto revisado segundo o novo Acordo Ortográfico da Língua Portuguesa.

Direitos exclusivos desta edição reservados pela
EDITORA RECORD LTDA.
Rua Argentina, 171 – Rio de Janeiro, RJ – 20921-380 – Tel.: (21) 2585-2000.

Impresso no Brasil

ISBN 978-65-5587-318-4

Seja um leitor preferencial Record.
Cadastre-se em www.record.com.br
e receba informações sobre nossos
lançamentos e nossas promoções.

Atendimento e venda direta ao leitor:
sac@record.com.br.

Para Seu Monteiro

Temi-os, desde menino, por instintiva suspeita. Também os animais negam-se a encará-los, salvo as críveis exceções. Sou do interior, o senhor também; na nossa terra, diz-se que nunca se deve olhar em espelho às horas mortas da noite, estando-se sozinho. Porque, neles, às vezes, em lugar de nossa imagem, assombra-nos alguma outra e medonha visão.

João Guimarães Rosa,
Primeiras estórias (conto "O espelho")

Sumário

Brasinha	11
Corda	15
Fumaça	21
Estátua	25
Parapeito	31
Semente	35
Lagarto	43
Várzea	49
Matilha	57
Fogo	63
Frio	69
Repique	75
Campainha	81
Presente	89
Areia	101
O que a casa criou	107

Brasinha

"Tem uma coisa lá no mundo que eu quero muito ver, Brasinha."

De vez em vez, ele dizia assim, como forma de aviso. Ela não ouvia. Veio um dia e Tonho foi pra lá, pro mundo. Era uma daquelas coisas que só se pode ver sozinho. O quê? Como saber, se ainda não viu? Mas chamava, e ele precisava responder. Foi pro vento, não deixou nota. Não disse quando voltava, nem se.

Deu raiva, deu medo, mas deu um tempo e Brasinha foi acalmando. Arrumou as roupas dele, antes arrancadas do armário — tinha partido quase só camisa, calça e sapato, coitado. Deixou tudo pronto e serenou. Cimentou uma certeza: ele voltava logo, quase agora, e foi recebê-lo. Todo dia fora de casa, da manhã à noite, o olho na esquina, a bunda num tamborete. Pintava as unhas, espichava o cabelo, perfumava os seios. E esperava.

Entretanto entretinha os dentes, ia crescendo. Os vizinhos passavam, e ela sempre ali, disposta. Sempre um que parasse para uma conversa sem fio. Brasinha, trouxe um bolo de laranja para você. Fatias paridas. Casquinhos de caranguejo. Empada de palmito. Bolinhos de queijo, de bacalhau, de chuva. Ela recebia todos, pacífica. Ouvia os problemas, dava conselhos, recomendava temperança, paciência. Salvou casamentos, reuniu mães e filhos, endireitou malcriações só de ouvir e acalmar. As coisas sempre melhoram.

Mas a cabeça acabava voltando ao fim da rua. A todo segundo, parecia que Tonho ia apontar na esquina. Só mais um, daqui a pouco, agora. Não era, mastigava. Cresceu, cresceu, cresceu para não mais conseguir entrar em casa. O corpo maior que o arco da porta. O tamborete sofria. Brasinha não ligava, continuava. A cara pintada, as unhas espichadas, o decote cada vez mais farto. Nem se levantava. "Quando eu me levanto, sinto o peso da alma", dizia, um sorriso.

Dormia pouco. De tanto em tanto, a papada se deitava sobre a garganta e acordava um sobressalto. Era todo dia o sonho em que um sapato de duas cores lustrado aparecia lá na curva, a barra da calça branca dobrada. O coração de Brasinha se lembrava da roupa de Tonho e descompassava. Mas vinha a falta do fôlego e ficava só a palpitação, o susto, a rua vazia. A madrugada se alongava e repetia.

Os vizinhos apiedaram um toldo sobre ela, pelo sol e pelo sereno. Levavam comida, ajudavam no asseio, montavam guarda. Ela na tocaia, marcando o instante dobrar a esquina. Mas sempre morna. Estava bonita? Pedia uma flor para o cabelo armado com pescoço à mostra. Quando ninguém olhava, descia os dedos por ele e lembrava. Ali, Tonho soprava quando queria que ela acendesse. E ela se iluminava toda, vermelha só de pensar no que vinha.

Veio um dia a apneia sem vigília. Do lado de lá da madrugada, chovia. A água se levantando sobre asfalto, calçada, lavando os pés, os vizinhos em suas casas, salvando seus haveres. Do lado de cá, a noite acesa de estrelas, o vento traz o cheiro antes de o pé dele se desenhar no fim da rua. Lá, as canelas, coxas, submergiam. A garganta implodindo, o pulmão murchando, o coração tropeçando. Cá, Tonho se monta na esquina como um quebra-cabeça saindo do muro. O peito bom, os braços longos, o cabelo fino. Ele chega, aqueles olhos safados, beija a mão, cheira o decote e sopra-lhe o pescoço. "Tu me esperaste tanto tempo?", pergunta, sotaque aportuguesado que nunca vira o outro lado do oceano. Ou vira? "Tempo tanto? Nem senti", ela mente.

Tonho estende a mão e aponta a casa com o queixo. "Eu não caibo mais, meu amor", ela alerta. Ele não para de sorrir. Ergue-a, lenço de seda, e envolve-a toda num abraço. "Nós cabemos." Toma-a no colo e eles somem porta adentro.

Lá, a torrente ia levando tudo.

Corda

Morreu na hora, disseram. Eu entendi? Eu pouco entendia, então. Era o tempo do mundo imenso, as coisas se levantavam entre espalhadas extensões de nada. Nossa casa aquietava perdida, separada da cidade por uma mata de reverência e cautela. Éramos doze crianças geradas com a preguiça dos relógios de pêndulo. Os pais ensinaram o tempo e o modo de cultivar favores do chão. Letras e números eram missão de outros, mais além.

    A cidade se acanhava no fim de uma trilha. Pequena, ainda, longe daquelas que já incendiavam o céu da noite com torres e medo do escuro. A escola primária nos recebia quatro vezes na semana. Duas horas a pé, por um trecho debruçado de árvores que antes cercaram nossos avós. A volta, de cansaço e pouca luz, durava ainda mais.

Naquele dia, anoiteceu mais cedo. A senhora Aída, óculos grossos, olhos amarrados no coque, pediu. "É tarde, fiquem, durmam; amanhã, primeira coisa, vocês voltam." Apertava na mão o livro de matemática e uma bíblia de couro grosso. "Trago sopa e lençol de casa, conto histórias até dormirem", dizia, já afastando a solidão.

André, o mais velho, mentiu para evitar a barganha. O pai viera à cidade para comprar sal, ou ferro. Ou outra coisa que complete o sangue. Esperava na entrada da mata. Temíamos as lambidas dos cintos. Ninguém dormira em outro travesseiro, nunca. Nem se sabia se fora de casa a noite tinha fim.

A professora acolheu o improvável e levou a bíblia para a sopa, únicas a verem seu cabelo solto.

Empurramos a cortina idosa das árvores. Dentro dela, como um quase não via o outro, combinamos nossa complexa esquemática. Uma corda de mãos dadas. André adiante e eu, segundo mais velho, em último, por segurança. Cantávamos para espantar bichos e fantasmas, cada um em sua vez puxando uma música da memória. Era do menor, à minha frente, a voz mais alta. A minha saía flácida. Eu escutava o silêncio atrás de mim, cheirava a respiração das coisas que moram onde não se vê.

A gente sabe, de algum jeito, sabe. Há aqueles habitando no escuro. Eles escutam e celebram no silêncio, desde o dia quando deus dormiu. Nós acendemos fogueiras, janelas e cidades, mas mal arranhamos a noite em volta. Eles se comprazem dos nossos passos cegos. Lançam gargalhadas abafadas, conversam em círculos ao nosso redor, resvalam a pele de nossos braços e nucas, nos cobrem com seu hálito. Nós dançamos, rezamos e gritamos para afastá-los. Eles se amontoam numa arquibancada à nossa frente. Sabem, marchamos para seus braços. Esticam lábios e tendões. Lambem nos beiços a saudade do sangue.

Nossas mãos marcavam o ritmo da cantoria, pendulando. O mais novo jogando meu braço para os lados, em arcos cada vez mais longos. Até que se soltou.

Não. Eu disse isso àquele dia, e todos depois. O pequeno se soltou, o pequeno se soltou; é minha reza de pé de cama e minha insônia. Porque uma ladainha batendo num muro de cobre, gritando na volta sobre mim.

Eu soltei o pequeno, rompendo a corda sem estalo. Porque, entre um verso e outro, ouvi lá atrás o rastro de uma voz adulta. Não uma frase, nem palavra, mas o resíduo do som, como as vozes que chamam na entrada do sono. Com um grito, eu larguei, e seguiram-se os ganidos de todos os outros. Barbante partido em pedaços, e os passos desordenados de ratinhos espalharam-se.

Fiquei, para não perder os onze, ou para não me perder deles. Fui chamando, inventando uma calma. Explicava pra mim: a voz ouvida era minha mesmo, do meu coração alvoroçado de pardal. Nada havia fora de nós.

Reagrupamos. Improvisei uma chamada, e cada um respondia, mas faltava. Chamei de novo. Faltava um, o mais novo. Convoquei, apelei, ameacei. A mata guardava resposta e luz. Uns queriam seguir, trazer os adultos — eles resolvem tudo. Eu não ia deixar o pequeno, minha máxima culpa. Pedi para ficarem, gritava para além da trilha.

Ele não respondeu, mas ouvimos. Primeiro, distante e fraca, a risada boa do pequeno. Meu coração acendeu. Chamei mais alto. Mas ele apenas ria, agora mais perto. Depois, do outro lado da trilha. E galhos e folhas quebrando sob passos ligeiros, girando perto e longe. Nós onze soando juntos e ele nunca se entregava. Assim, foram horas.

Um pirilampo acendeu longe e veio crescendo, amarelo. Os pais e as lanternas vinham buscar nossa demora. Os outros correram para contar. Eu fiquei, como para marcar exato de onde o pequeno sumira.

Os adultos saíram entre as árvores, a chamá-lo, iluminando chão e chão. Duas mulheres nos agruparam em torno de uma jaqueira gorda. Todos ouviam as risadas. A madrugada me queimava os olhos, mas eu seguia esperando, acompanhando as abelhas dos lampiões. Era o tempo quando ainda esperava soluções dos adultos.

No primeiro sol, a mãe lançou o grito. O guincho urgente engrossou num lamento e todos se reuniram em torno da descoberta. Eu me apertei entre pernas e braços para ver. A cinco passos adultos de onde o perdemos, estava o pequeno. Num barranco abreviado, deitado no fundo coberto de folhas e raízes grossas. A cabeça dobrada em um ângulo impossível. Na pouca manhã, o roxo dos lábios parecia preto.

O mais me contaram depois, eu nada vi por muito tempo. Os homens levantaram o pequeno, os braços, pernas, rijos. Estátua de anjo. Ele caiu assim que nos soltamos. Morreu na hora, disseram. Enquanto ouvíamos seus passos e risos, aqui, além, a morte avançava o abraço de mármore.

O mundo ficou ainda mais longe, a nossa vila pouco mudou. Os adultos não entendiam tragédia. A natureza arrasta a vida e cada qual se proteja das migalhas da boca de deus.

Eu fiquei pro silêncio, para a conversa de dentro. Para fora, eu soava: o pequeno se soltou. O cupim escavava minhas veias. No primeiro vento, o mundo me trouxe para longe, migrei. Outros imitaram e vieram depois. Trazem notícia, mas baixam a voz ao falar do caminho batizado, sem placa, de Trilha do Pequeno. "Ainda se ouvem as risadas?", a pergunta nunca sai do ensaio.

Fumaça

A cada dois minutos, Geralda Palumbo volta ao relógio de pulso. Tenta segurar os ponteiros com os olhos e afastar as pessoas em volta da pequena caixa de madeira envernizada que contém um milagre.

Há uma hora, elas esperam Geralda voltar à tona. Ela mantém o mergulho.

O prefeito se aproxima pela primeira vez. Para os pêsames, intermediara um assessor. Polindo palavras, arrasta a mulher para a superfície. "Temos que liberar o lugar. Há outros mortos, trabalho por fazer. Não podemos esperar que o mau cheiro a convença." Sem saber como mandá-lo à merda em língua de comício, Geralda mostra as palmas das mãos. "Daqui a pouco."

Sentado ao lado do caixão, Alfredo Palumbo pouco se moveu desde as sete horas. Não ouviu prefeito, assessor ou parentes. Afogado no paletó emprestado, observa os olhos da menina, os algodões que impedem a alma de sair pelo nariz. "Melhor seria retirar esses tampões."

Uma revista de barbeiro um dia lhe contou de certos esquifes engenhosos que salvariam um enterrado vivo. Alavancas internas acionavam entradas de ar e bandeirolas, alertando apressados sobre a indisposição do morto em permanecer morto. Fosse um pai zeloso, teria encomendado serviço similar. Mas o dinheiro... nem para a roupa do funeral. "Depois do meio-dia, não precisaremos de flâmula ou respiradouro."

"Vejo fumaça azul. E a menina salta de dentro dela ao meio-dia, hora de deus e do homem. Não é a sua vez, morreu para trazer um recado. E traz. Vem do outro lado de volta", prometeu a vidente sobre o corpinho ainda molhado. Sobre os paninhos que ela chamava de cama. Sobre os lábios cor de noite chegando.

Não chega o meio-dia, mas chega o ultimato. O assessor faz voz de prefeito. Ou inicia-se o serviço, ou se enterram menina, pai, mãe e qualquer atrapalho à ordem. Geralda olha para Alfredo: inútil como os algodões.

Padre Benito inicia a fala. Estamos aqui reunidos. Uma tragédia, uma tragédia. Culpa de ninguém. Os desígnios e as linhas tortas. Manira Palumbo estará entre os anjinhos de deus, terá 11 anos para sempre.

Os funcionários do cemitério cercam o caixãozinho. Um toca o ombro de Alfredo, a pedir passagem. Pela primeira vez, ele se prova vivo.

"Não saio. Enterrem-me junto. Tirem esses chumaços do nariz, para que ela respire", e joga-se sobre a menina, Geralda sobre ele. Vêm os braços, o prefeito abanando a raiva. O padre saca uma reza do livro.

Pai, mãe, funcionários embolados. Batem as doze horas. O dominó de gente empurra o caixão, a madeira barata confessa-se em gravetos. E Manira voa. O corpo magrinho rola para longe, para depois da porta de saída, já na poeira amarela do chão.

Alfredo corre e encurva sobre a filha, cujo véu planou sobre a confusão. O último sino ainda reverbera nas paredes da vila. Segura o rosto de Manira.

A catarata dos olhos forma uma névoa azul. Nenhum ar entra pelas narinas destampadas.

Estátua

Anne não estava no quarto. Cocei a preguiça nas coxas e olhei lá fora. Rua, casa, estrela, tudo apagado como a hora sobre a cabeceira. Pesava um cobertor sobre a cidade. Uma claridade pálida pairava sobre as coisas, ou brotava, como um suor fino. Eu pensei, é assim que se enxerga dentro do abismo?

O carimbo frio na metade da cama, os chinelos alertas no chão, a caneca de água no armário. O retrato na estante, onde ela e o pai pescavam alinhados em um barco de madeira e agora era noite. Eles também esperavam.

Há quanto tempo ela partiu? Qual claustrofobia, qual loucura levou Anne à rua no blecaute?

Abri a janela. A cidade não se moveu.

Ela costumava falar, deitada naquela cama: "Vem! Que tem este computador e eu não?". Sem resposta, eu me deitava sob o lençol, certificava-me de atender a toda parte do seu corpo e dormíamos juntos. Mas eu acordava duas horas depois, para resgatar um sonho de dentro dos escombros da noite.

Voltava ao teclado. Uma graforreia de horas até o céu clarear e a consciência, mais pesada que o sono, me devolver à cama. Logo, Anne acordava, puxava-me o braço, chamava de preguiçoso. Eu respondia qualquer monossílabo grosseiro e voltava a um sonho que, eu sabia, não duraria. No regular, ela seguia para o dia sozinha. Sua manhã era uma sacola de lembranças onde não havia foto minha.

A lanterna não acendeu. Vasculhei gavetas de pirilampos cansados, imaginando Anne descalça, camisola amarela suada, os cabelos histéricos, vagando, engolfada pelo escuro, afundando num lago. Guardei uns tocos brancos nos bolsos, peguei um casaco sem brisa, na porta. Virei para trás. O apartamento já não era o meu. Parecia algo que resistiu às lambidas de um incêndio, um lugar para onde não se volta. Deixei as chaves, talvez para o próximo morador.

Aquela outra noite, quando a conheci, durou semanas queimando as solas das nossas línguas. Mas dela eu guardei apenas uns jeitos de falar, umas ruas descascadas levando ao píer, a distância da lua no mar. Anne e eu, vigiados pela estátua de um desses abundantes heróis de guerra. No entanto, retirei daquele momento uma apreensão particular, específica, que adotei. Um lugar guardado sob as pálpebras, para onde eu sempre retorno, de uma forma inteira ou avessa.

Anne era só agonia, os dedos girando contra o céu, as sobrancelhas tremiam. Debruçada sobre a murada, ela falava, mais para si do que para mim, um ouvinte intruso.

Dizia: Queria um horizonte protocolar, dois terços de um céu noturno, e um navio sobre a linha do mar, em cujo convés uma festa, armada de luzes vermelhas e amarelas, onde todos muito bem paramentados se cumprimentassem em teatro polido, erguendo taças e relógios, brilhando como os cabelos, um tapete de felicidade. E queria uma fagulha, em algum canto subestimado, completo de pertences inflamáveis, contagiando-se de fúria, e mais luzes amarelas e vermelhas espalhando-se pela nave, cabinas, salões, chaminés e corpos. E corpos ao mar por salvação, e gritos e acenos e braçadas, enquanto o navio se deixasse engolir, como uma lâmpada acesa sumindo numa piscina. E a agonia daqueles que tentassem flutuar, um ouvindo a voz alheia e tentando superá-la, avistando o afastamento silencioso dos que se salvassem. Então, os gritos engolidos com litros de água, e a desesperança como uma espécie de calma, uma doce concordância, o líquido sendo brisa, as folhas dos afogados, e o mar abrindo suas bocas para receber tantos. Os rostos submersos formando uma única face tranquila, o silêncio a todos governando. E o oceano sendo a origem para onde eles retornassem, sem luz, sem fala, sem toque, apenas o reconhecimento morno do sono.

A vela mal respinga no escuro, mas eu a levo à frente, Diógenes. Um carro vazio espera o semáforo acordar. Mesas, cadeiras e cervejas sem gás vigiam a calçada de um bar. Ninguém recolheu o copo espatifado. Um rádio repousa sem música na guarita de um prédio. O aeroporto não dispara bilhetes ou aviões. No hospital, não há emergência, nem dor. Tudo é rastro, é leito de rio seco.

Dobrando uma esquina, encontro uma lembrança. Eu e Anne, sentados à cama, uma madrugada de faz tempo. Ela segura meu rosto enquanto narro o sonho ainda quente:

Eu caminho de mãos dadas com você por uma avenida suburbana, que termina numa grande praça redonda. Há árvores plenas de frutos estranhos, que são, na verdade, homens pendurados pelas pernas dispostas em forma de 4. Alguns são recentes, outros estão lá há anos, contemplando e sendo contemplados. Um lugar de silêncio, cercado de prédios comerciais, todos fechados. Você aponta para a copa de uma árvore alta ao fundo, dizendo com um carinho já saudoso: "É ali que você vai ficar."

Anne não se foi, nem eles. Eu fiquei. O tempo me deixou.

Há quanto eu ando? São cinco da manhã, é meio-dia? Acabam cera e pavios, eu esqueço para onde voltar. Minha rua, meu apartamento, a casa no subúrbio do futuro. Caminho pelas ruínas de uma noite pendurada, esquecida de raiar. Um escuro sem gente, sem vento, sem estrelas.

Eu despertei atrasado, acordei um segundo depois de o tempo passar. Acordei no rascunho do mundo, no resquício de tudo, no lado de fora da moldura de uma fotografia. Eu cheguei aqui dando um passo para trás. Será que, lá adiante, o mundo sente a minha falta?

Personagem de um poema velho, ando pelas ruas, acendendo com fósforos seus nomes nas placas. Zelador do ocaso, vou fechando as portas que restaram abertas. Produzindo luz para ver as sombras. Investigo janelas, frestas, esquinas. Procuro um fantasma para me convencer vivo.

Parapeito

Nasceu para passarinho, mas não vieram as asas.
    De começo, não entendiam o molde silencioso. Mesmo o choro, a boca, o bico sem berro. Os lábios, a prisão do grito, quando muito permitiam um chirrio. Na idade quando os outros empilhavam palavras como brinquedo novo, aprendia outros jogos: virava as laterais do rosto para o céu; piscava quatro ou cinco ansiosas; virava a cabeça para o outro lado e repetia. Seu canto teria sido belo.
    Criou-se em consultórios, desinteressado dos cubos coloridos e bonecos olhudos das salas de espera, igno-

rando testes e jogos de ato e resposta. Não arrancaram a fala, mesmo buscando com os dedos dentro da garganta. Os pais só entenderam que naquele pequeno corpo desabitava um menino quando viram como ondulava os braços. As mãos empurrando para baixo o ar que teimava em não o levantar.

Veio, então, o alarme. Vestiram-no de cuidados, grades, telas e olhos vigiando. Parentes revezavam, protegendo do vão fora do sexto andar. Sempre um braço amoroso preparado. Ele se empoleirava no sofá, mandava piscadelas ao céu, acariciava os ombros com o nariz.

Todo amor vira costume, todo costume descuida. O menino habitava os cantos, sempre alinhando as plumas fingidas. Magro, que mal tocava a comida. Nunca respondia a um chamado, senão com um olhar redondo. Como vendo tudo pela primeira vez. Dia vinha, dia veio, tornou-se mobília, uma prateleira que sustentava fotos velhas.

Já chegavam os cinco anos. A mãe, ou o pai, deixou a porta aberta, mal encostada, na volta do mercado. O hábito não o viu ganhar o corredor enquanto as sacolas se depositavam na cozinha, os passos indecisos de bicho desconfiado da liberdade iam virando pulos desajeitados. Tropeçava nas paredes, patinava, queria mais espaço. Um minuto, ou pouco mais, ele encontrou uma janela escancarada no vão do hall.

O passarinho agarrou o parapeito com os dedos dos pés e mediu o espaço aberto com os lados da cabeça, virando em soluços. Abriu bem os braços, encheu o peito. Foi um vizinho que o viu batendo-os forte, testando a resistência do ar. Foram uns centímetros que impediram o homem de segurar o corpo fino saltado para o vazio.

Nunca ele tocou a calçada.

Semente

Era uma casa só sala. Oito cadeiras finas encaravam uma mesa cujo banquete era um caixão. Era uma sala só de ida. Oito lamentosos vigiavam o morto para a terra, enquanto as velas enceravam o cheiro das flores. Era um cheiro só memória.

Era sexta-feira. No canto, inabitada, a cadeira de balanço de Robério, sempre o seu lugar na casa. Rômulo Iniciado, irmão mais novo, furou o silêncio onde as carpideiras descansavam.

"Engraçado, vendo agora. Robério esteve em uma sala justo assim, numa volta de Santa Maria. Noite começando, lá da estrada, ele viu um luzeiro. Levou o cavalo pelo mato baixo até a casa. A lamparina piscando pelas portas e janelas abertas. Da cerca mesmo, chamou, bateu as palmas. Louvado seja nosso senhor jesus cristo. Ninguém respondeu por deus. Ele se aproximou. Para pedir licença e água, disse. Entrou devagar, prevenindo um ó de casa. Lá dentro, nenhuma alma. Não viva. Sobre a mesa, o homem de paletó deitava-se fosco sob o véu, os braços cruzados sobre o que não batia, os olhos fechados para a luz laranja. A casa restava sem nome, sem fotos de parede, sem utensílios, sem uso de gente. O morto só, um morto de ninguém. Contava que só então sentiu o cerco do silêncio. Ou era do futuro? Era uma casa vazia, convidando a noite. Correu o campo de volta, galopou para casa olhando só para a frente, como se algo estivesse agarrado nas solas. Sempre tentou nunca achar aquela casa de volta."

Tudo ao nosso alcance, o delegado garantira, ainda no necrotério, fizemos o que podíamos. Encolhia aquela antessala azulejada do escuro.

Você já foi buscar um morto? Romina apertava o tecido limpo e dobrado dentro da sacola plástica. Camisa de manga, linho de calça. Imaginava Robério assim vestido, pisando nas nuvens, adentrando o portão de sol, sob fumaça de trombetas. Mas a visão não durava. Na entrada, a luz se desatava do filho, as costas vazavam antes de deus, a mancha ia comendo toda a roupa que ela colhera da cômoda magra. Roupa de missa, que para os mortos é sempre domingo.

O senhor sabe quem? Se tem nome de si e outro que desonre a família? Sabe se o que fez teve plano e tocaia? Se o dedo adiantou-se à intenção, se à raiva ou à vermelhidão dos olhos? Se teve luta ou roubo, aviso ou revoada? Foi um trovão para pássaros? Meu filho morreu assim, no meio do não se sabe, como não houvesse existido? Um nome, só. A tristeza já tomou as prateleiras do meu filho, delegado. Quero um nome onde guardar a minha raiva.

Robério deitado, frio, no azulejo. Você já foi buscar um morto? Romina deixou a roupa ao lado. Era quinta-feira.

Vanildo, o delegado, desengasgava. A arma dançava na cintura enquanto explicava com mãos no cinto os esforços não medidos, tudo o que estiver ao alcance. Mas, sem testemunhas, não esperasse de respiração presa. Um corpo assim, no ermo da cidade, uma encruzilhada entre nadas — podia muito bem ser feito de um demônio esquecido. Enterre seu filho, vejamos o que se segue.

O caminho de volta Romina fez quase cega, criando rostos arregalados de demônios com revólveres e encruzilhadas vazias, onde Robério caía, poeira a poeira. Quando levantou os olhos, não estava em casa, mas na porta da velha. Deu com o ferro na madeira. Quem ainda usava aldrabas nestes dias?

Era sexta-feira. Fora da casa-sala, a cidade fazia fila para honrar o novo morto. Pela lateral, condolentes lançavam da janela bênçãos e pesares, seguindo de volta, vida em frente. O corpo lavado de Robério, lavado do vermelho que era sangue e barro, da estrada onde despojou, do lençol do meio-dia, das moscas que brotam onde houver a carne dos mortos. Apenas restou a gota. A gota de chumbo, do lado de dentro do pulmão.

Romina Iniciado gotejava sob o véu, os pés chutando o tempo e o consolo. "Ele se enterra com a semente no peito?", perguntava, imaginando uma árvore metálica brotando por carne e terra. "Enterra-se sem saber o lavrador?"

A porta assombrou a sala, veio a velha adentro, entre a família. Ninguém mexeu. Ela seguia como se sozinha, pisava no plano de dentro das coisas, movia hastes invisíveis. Presente do diabo ou do outro, ninguém que soubesse, nem quisesse, esse era o dom. Assim, imperturbada, Teresa Andalina avançou para o homem vazio, o ar cheio de cordas retesadas. Curvou-se sobre o rosto, soprou algo nos ouvidos, depositou uma moeda sobre os lábios sem vermelho e, no pé direito, agulhou um alfinete sem sangue. Deixou a casa no seu próprio vento. Com esses dotes, foi enterrado Robério Iniciado.

O homem havia andado mais que a memória. Era sábado. Ajoelhou-se pela água no alto do sol. Um rosto sem gente dentro apareceu no riacho, no fundo do murmúrio, enquanto bebia das mãos. Sem olhos, sem lábios, apenas um susto. Mas surgiu no descuido da vista, e ele continuou.

Vieram outros — mas sendo o mesmo. Por trás do mato, nas pedras, no canto do olho. Um rosto severo, borrado, que servia a qualquer um.

Veio a voz, a frase, dita assim, ao ouvido, sem boca de onde saísse. E também virou muitas: num bater de asa, no quebrado galho, num lance de vento. Sempre de surpresa, como quem joga um punhado de areia nos olhos do adversário.

Espalhou as balas no vazio. Percebeu que eles, os rostos e as vozes, aumentavam o quanto avançava.

Mais deles, mais perto, a mesma frase, tamboreando. Mas não parou, até que alguém no ar puxou-o pela mão, espalhando-o na terra. Eles muravam o caminho e gritavam de onde não podia ver. Pôs o destino às costas. Durante toda a volta, não chegavam. Seguiam e rodeavam, mas sempre ali.

Na primeira noite se deu a chegada. Quanto andou o homem, quanto caminho as pernas gaguejaram, os pés raspando nas pedras da rua, até chegar à cidade, no cadeado da madrugada? Batia os braços no ar, espantando vozes como mosquitos, assustado das sombras imóveis das casas. A cidade dormida não o via, mas ele sim. Nas janelas, nos telhados, meiados atrás dos postes. Cada rosto duro mirava de volta, a fala zumbindo sobre sua cabeça.

Encontrou a delegacia no meio do escuro e jogou-se sobre a mesa onde o praça tossia um resto de sono envergonhado. "Pela sorte de dois cobres", ele disse, repetindo as vozes, "Foi pela sorte de dois cobres."

Contou tudo, mas não antes de ouvir o trancar da porta de ferro.

"As horas, digo, o senhor tem as horas? Desculpe o susto. Sair assim, do escuro, sem ó de lá de aviso. Viajo sozinho há tanto tempo que perdi esses modos de chegar. A estas horas que não sei, a estas escuridões, o senhor, sem relógio, deve imaginar má intenção. Não há problema. Só importa a hora para quem pretende destino. Eu nasci em passando, creio que vou morrer lá. Pouco sei, além da estrada e meus pés. Que interessa ser uma hora, duas, dez ou quinta-feira? Mas não teria um tantinho aí que empreste ao passante? A fome acha a gente mesmo no meio do caminho, sabe? Umas moedas já acalmam a barriga. Perdoe se insisto. Adiante tenho estrada de dias, talvez sem ver um vivente. Não, não se desculpe, não são suas obrigações. Nem nestes bolsos cheios? Lembro de um senhor, na cidade onde eu talvez tenha me criado, que sempre tinha as calças estufadas de confeitos de atrair menino. A gente seguia atrás, agarrando aos punhados. Nem olhava os caminhos. São doces que carrega? Talvez haja moeda perdida, esquecida feito deus me fez... Agora ordeno, mostre os bolsos. Senão... Não... Olhe o que fez, sua imprudência. Não ouviu o razoável, agora escorrendo tempo pelo chão, apenas pela sorte do quê, de dois cobres? Lá no faz tempo, eu talvez tive um amigo. Ele esvaziou como você. Talvez eu também tenha atirado nele, ou em outro. Calma, não demora mais. Você estará tranquilo, sempre tranquilo. Não se culpe. Talvez você morresse se entregasse, também."

O homem acomodou-se no silêncio do dia que ainda dormia e não sonhou.

Foram os passos de cem murmúrios em despedida que acordaram Romina. Uma procissão sem velas, sem andor, sem cantoria. Apenas o tropel cansado de pessoas que não se viam.

Piscou a escuridão dos olhos, eram três horas e Robério morto. Sentou-se sobre a vista tremendo e viu a abelha entrar pela janela. O inseto passeou em círculos pelo vão da casa só sala, bêbada ou indecisa. Resolveu pousar sobre o lugar de Robério. E Romina não achou espanto quando ali, sob aquele peso irrelevante, a cadeira se pôs a balançar. Era domingo.

Lagarto

Um réptil habita meu cérebro.

Ele implora para se estirar e afinar o sangue sob o dia. Mas lhe concedo apenas estas incursões à janela, na madrugada. Ele chia contrariado, lambe o ar morno, contrai as garras, ameaça com a cauda, mas se recolhe, deixando-me só na vigia.

O réptil quer inflamar as escamas. Eu quero o escuro e o silêncio. O silêncio dos outros. Só, eu me preencho.

Daqui, passeio sobre o abraço dos muros. Nesta hora, as janelas conversam. Buracos acesos no preto, onde cada observador cede um corte de biografia. Eu os espreito, atravesso sem corpo o ar e completo as histórias.

Súbito, estou lá. Eu sou: as luzes piscando o mesmo programa de TV, o sono adiado na quina da cama, um banho para escorrer o dia, a roupa pendurada para amanhã, a mesa a arrumar. Aqui em frente, na proximidade incômoda de alguns metros, a janela apagada há um mês.

É nela que minha ronda termina, invariavelmente. Desde antes, quando a atenção ocupava seu interior como um cômodo de minha própria casa. Parava sobre ela, coletando uma informação escapada, um movimento. Se conseguia, o primeiro reflexo era recuar, fechar o vidro e me recolher à proteção do escuro. No entanto, nem os pés nem a cabeça se moviam, e eu permanecia aqui. Era nessa janela que meu silêncio se acabava.

Começava como agora. Uma madrugada de som baixo, sob o estridular de motores distantes.

As luzes do apartamento apagavam e uma lanterna acendia, o facho se debatendo pela casa, rebatendo em aleatórios telhados e cacos de vidros — seguranças entre vizinhos — até parar no cômodo à frente, onde minha atenção esperava.

Começava o debate exaltado com o vazio. O morador emendava grunhidos, engasgos e estalos. Em alerta, imposição, contrariedade, frases encurtadas em palavras sem solo. Seguiam-se as pancadas nas paredes, objetos ao chão. Às vezes, vidro quebrando. E acabava com o silêncio, um gigante deitado entre nós.

De dia, o vizinho era polido. Palavras economizadas quando nos batíamos na fila do ônibus, na parada da padaria, a calçada dos passeios. Bons dias e boas tardes, a chuva, a manchete, o resultado do jogo. Pequenos acenos de diálogos já de despedida.

No semáforo, esperávamos a impaciência das pessoas do outro lado. Ele soluçou um sorriso apontando para a senhora de cabelos presos:

"Ela faz isso também em casa. Nas noites nubladas, estica o pescoço fora da janela, para forçar a chuva a se decidir. Torço pela tempestade."

Atravessamos.

Era tudo que me concedia. Menos ainda aos outros.

Também não me agradava a intimidade forçada, me esquivava da familiaridade dos vizinhos, da cumplicidade geográfica. Ocupava-me de suas vidas, mas detrás de meu esconderijo. Há ofensa na invasão não descoberta? Assim, também era o homem. Fora dos acessos noturnos, pouca era a nossa diferença, e eu me assustava.

À noite, nos encontrávamos, cada qual em sua janela. Ele não falava, não acenava. Apenas encarava, os olhos chumbados — um pedido de ajuda lançado com uma corda. Eu fingia não perceber, apressava uma saudação displicente e me recolhia com o cigarro pela metade.

E o homem permanecia lá, seu turno na ronda.

Uma hora, desistiu.

Foi encontrado dois dias após o colapso. No cérebro, uma artéria rompida. Um parente teria aprontado o velório sem convites. Os pertences foram levados e o apartamento, trancado, habitando o silêncio. Nas calçadas, falavam de um imóvel inquieto. Juravam relatos de pequenos barulhos, sussurros, fios de choro arrastado, e pediam missa. Eu me exasperava para dentro, diante dos idiotas. Irritava-me a superstição enchendo os cômodos vazios. Agarravam-se ao destino do louco para preencher os seus, faziam mais barulho que os gritos do antigo vizinho.

Isso eu contestava, até segundos atrás, quando no sono veio o grito. Na borda da consciência, escutei a voz do louco, ventando.

"Eles estão olhando. Estão vendo."

Acordei reclamando. Agora escutava vozes, como os idiotas gerais. Deixei a cama irritado, busquei o cigarro e meu posto de observação. Restos de sonho pelo caminho, cheguei à noite aberta.

O lagarto reclamava mal-humorado, no entanto, me acompanhou até aqui.

Entre a faísca do isqueiro e a primeira fumaça, o redor me puxa a atenção para a plateia.

Cada casa, cada apartamento, um espectador insone. Todos nas janelas. Um parlamento mudo.

Observo-os enquanto o pulmão trabalha.

O cigarro reduz em poucas tragadas e eu acabo fixado aos vidros vedados em frente.

"A luz de um morto não se apaga nunca", a frase vem antes ou depois de o facho se lançar através da janela do imóvel vazio?

A lanterna acende na sala, roda paredes e tetos, avançando sombras e desenhos, chegando ao quarto bem à frente, e uma silhueta se aproxima da janela.

Separado de mim por oito metros de ar carregado, o louco da rua sorri.

Cogito me despedir com a mesma saudação, mas estou preso.

O lagarto guincha e contorce. Não é com um sorriso que o homem me saúda.

Os lábios arregaçados mostram dentes entre bolhas e perdigotos. Os olhos espantados do homem se projetam na noite. Surpreendo-me ao escutar nítida sua respiração: o fôlego asmático nos meus ouvidos e a alvura daqueles globos é tudo o que vejo.

Depois, o tempo me confunde, a respiração é a minha, o cenário branco se desfaz.

Vejo a moldura de minha própria janela, do outro lado do vão.

Nela, o homem que eu era me observa. Larga o cigarro e dá as costas sem despedidas, sumindo no escuro.

Quero chamá-lo de volta. Contenho o grito, porque, só então, ouço o murmúrio grave, atrás de mim.

No fundo do quarto, aquilo recebe a luz da lanterna com um sorriso.

Várzea

Aquele morro colorido no meio da planície verde, espantando o bocejo das capivaras. E o barulho, de vozes, ferro batendo, rodas comendo caminho e músicas de ensaio. Surgiu na fumaça da manhã e já sempre estivera ali. Na várzea, onde só dormiram jias e grilos, acordou-se o circo, convidando quem tinha olhos de imaginar para a noite.

O chamado foi batendo asa quebrada, de boca em porta, na voz enferrujada do alto-falante, puxando o povo pelas golas, notícia de esfregar as mãos. Beraldo Oleiro perguntava, na beira do copinho de aguardente, quando foi que um circo errou tanto de caminho para dar em Queimadas? Santafé, sua voz sempre fraquinha, pulava no coque sem enfeites. Daqueles com malabares, leões e gente voando de lado a outro?, antevia.

Foram tirando o sábado das gavetas, fechando as vendas. Menos a de Aguinaldo Touro, de onde Beraldo se despedira com mais um pendurado. O barraqueiro roncava uma imprecação a quem se agoniava de casa para ver uns homens em roupa colada. Apressaram tanto a tarde que às cinco já era noite e as charretes foram chegando com seus ansiosos, cheios de lenços e água de loção.

O circo não tinha nome, nem pórtico de entrada, nem quem chamasse o público de respeitável. Ninguém sequer se via entre as carroças cobertas, os caixotes apinhados e os cochos sem animais. Mas ali no meio, a lona acendia, balão enterrado pela metade, de onde vinham o murmúrio de gente e a cantiga sanfonada. O povo foi ficando pela frente, fazendo cerimônia, um esperando o passo do outro.

A coragem chegou com Fabrício Palma, sobre sessenta cavalos. Desceu do carro, o único daqueles canaviais, descascando as luvas das mãos e os cumprimentos que lhe abriam caminho. A esposa atrás, os meninos e a menina, cachos de boneca. Ajuntados e aboiados pela ama. Entremos então, comandou, e as cortinas se abriram.

A madrugada acordou cada um com uma trovoada na porta, os homens do engenho chamando. Fabrício Palma rodava a terra urrando sobre o cavalo. Todos deviam abrir as casas, receber a inspeção e depois se unir à procura. A mais nova da família, Cândida, sumiu da cama. Foi-se a menina pela janela aberta, quem sabe se sozinha, ajudada ou voando. Ficou aquele quarto escancarado, batendo da ventania. A casa-grande acendeu o engenho. Senhor, capataz, lavrador varrendo quartos, sendas, cada pé de cana. O engenho acendeu a cidade.

Ninguém que aquietasse Dona Cristina. Queriam mãos e olhos, todos peneirando rua, mata, canavial. Foram saindo, por prêmio ou reprimenda. Lampiões e cães, latindo pela menina do riso incompleto, os cachos de boneca. Ninguém dormiu. Ninguém dormiu. Esgotada a cidade, aquele cortejo entrou pela mata, tropeçando na voz de farol de Fabrício Palma.

Aquele lençol de gente foi se abrindo, até chegar à várzea fria, onde só restavam uns pedaços de cordão, uns buracos no chão, uns sacos de lixo e o rumor do rio na bruma. O circo sem nome foi-se na formada do orvalho. Sumiu como chegou.

Palma moveu a roda, polícia, juiz, as aparas da lei. Mas Cândida foi se encolhendo mais e longe da sua voz. O senhor foi perdendo o fôlego de tanto chamar, dormindo o dia na cama pequena, o pijaminha entre os dedos, perdido na casa maior. Foi fechando as persianas dos olhos, descascando a pintura das mãos, a barba avançando pelos batentes do rosto.

A cana foi ficando para mato, os empregados, pelas estradas dos anos, e os parentes, pela luz da cidade. Ficou Fabrício Palma reinando a poeira e o desmantelo. Velando, de dentro, seu próprio caixão.

O tempo é o avesso de um professor.

O tempo range pela terra enquanto a caminhonete avança. Um besouro guia o para-brisa pela memória da água. Maria Ronca aproveita os solavancos para redistribuir o peso no assento de passageira. Ao volante, o homem revira o caminho no olho, uma monotonia de cana alta e poeira barrenta.

Quem esquentou o mundo, Belisário? Olha o relógio, que não é nem metade da manhã.

O motorista aperta a estrada nos olhos e aponta, adiante. "Aquela baixa, é larga e plana. Capinada rápida, uma levada de foice, e nós cabemos." Encosta, sinalizando parada para os três paquidermes de ferro, atrás. "Ali, onde o rio alarga. Paramos agora e, amanhã, estamos de pé."

Maria Ronca olha aquela água escura, um segredo marrom criando dobras entre canaviais e uns filetes de mata e grito. Demora ali, agarrada numa coisa menor que uma memória, um cheiro que outra pessoa sentiu. Escutando a conversa muda do rio, os pés dos ouvidos submergindo, entrando a areia fria, o escorregado do lodo beijando a pele.

Onde desemboca todo esse silêncio?

Ela balança os dedos para a frente. Belisário não contesta, embora não espere lugar melhor adiante para montar a lona. Gira a chave, atrás, o ônibus e os dois caminhões retomam o avanço lento, sacudindo palhaços descoloridos, malabaristas e dançarinas inertes.

Por trás do mato a água acompanha a estrada, onça desconfiada à distância segura. Maria se apanha adivinhando.

Belisário, alcance a garrafa de água. Me pegou, esse calor. Estou vendo coisas antes das coisas.

O homem riu do bafo perdido da velha. Vendo o quê?

Ela recupera o tom de patroa. Modere a gargalhada. Essa maldita manhã que não se completa, esse calor da virilha do diabo brinca comigo. Você acelera e parece que eu sei o que há adiante na estrada, sem nunca ter passado por ela. Cada curva de rio, praia, barranco. Depois daquela rocha gorda, apontando para o céu, ele vira para a direita, metido entre duas colinas, e se esconde por alguns quilômetros. Quer ver? Viu?

De que silêncio voltam esses cenários?

Ótimo. Avise, então, onde houver um bom lugar para pousar este circo, segue rindo o motorista.

O olho de Maria Ronca já flutua para a vista lateral. Depois de uma pequena subida, aparecerá lá no longe — atenção, Belisário — uma casa de janelas incontáveis, um telhado de quatro águas com lanternim sobre corredores de forro de madeira e lugares onde uma criança pode se esconder até o fim dos tempos.

Terá uma larga escada, que termina na sombra de um alpendre, com uma vista ampla, de palmeiras, gramados, casinhas de trabalhador e canaviais que não terminam. E lugares aonde uma criança nunca deve ir sozinha.

Mas, depois da ladeira, o mato cobre a terra na vista. Pontuado, lá e depois, pelo resto do que um dia foi uma parede, uma coluna, um cruzeiro. E adiante, coroando um pequeno morro, Maria Ronca por muito querer consegue enxergar os ossos que poderiam ter sido uma casa-grande, uma caverna de tijolo aparente, musgo e trepadeiras. Um vagaroso mergulho no desaparecimento.

A mulher sente um vento dentro, põe a mão sobre o peito e sente que perdeu um órgão que nunca existiu. Para trás daqueles morros, o rio conversa com outras pessoas.

Mas o motorista pergunta, e ela apaga a sensação, como se esquece de um sonho ao acordar. Empurra o ar com a mão. Adiante, Belisário, aqui não há lugar para levantar um circo.

Matilha

Mataram um homem. Aqui em frente, do lado de lá da rua. Jogaram um lençol por cima, agora magoado de vermelho. Amanheceu de tiro, fervendo na poeira da rua, disseram, atrasando a saída do bairro para o trabalho.

    Vim à janela pelo alarido. A multidão cercou o fato, crianças em fardas de escola apertando-se entre as pernas dos adultos. Adultos segurando maletas e mochilas, de saída, voltando para uma última olhada. Um cão ansioso, na esquina, abana a novidade na cauda amarela.

Está quente. Ficará mais. Quem ainda não partiu para o trabalho repassa a informação aos chegantes. O tiro entrou pela nuca, saiu sobre o olho esquerdo. Quem era? Sujeito de feição ruim, ninguém nunca viu. Ninguém ouviu. Dona Alita foi a primeira. Voltou com os gritos, portão adentro, sem o pão da manhã. Agora está dois copos de água mais açucarada, contando os detalhes. O lençol era dela. Chamou, sim, a polícia.

Chega a preguiça do carro. Dois policiais ajeitam os cintos entre o povo, abrindo espaço. Os populares meio que obedecem, meio ultrajados em seus direitos de investigação. Entrepernas, assisto ao bigode oleoso do sargento, olhos apertados e gotas na testa. Levanta o lençol, para o murmúrio geral. Perde uma fala em meio aos comentários, apalpa os bolsos vazios do cadáver. Tinha carteira? Alguém mexeu?

A polícia faz perguntas com pouca vontade. Ninguém viu. Faz calor, vai piorar. Querem ir logo. E vão deixar o corpo? A civil está parada de greve, o IML e o recolhimento. O remédio é repor o lençol. Talvez consigam um carro, não se sabe quando. O sargento entra na viatura, mas me enxerga. Pensa, queria vir fazer pergunta, queria ir embora. O morto deita exatamente em frente à minha casa. Enxuga a testa, olha os cães na entrada da rua. Agora são cinco, latem alto, trocam mordidas entre si. Avança, e eu não posso me esconder.

"Viu alguma coisa?", virando o lado do lenço. Acordei com o barulho da conversa. "Não do tiro?" Ouvi tiro nenhum. Mas meu quarto é lá para trás. Ele olha pela brecha da janela, para encontrar não sei o quê. "Conhecia o morto?" Nunca vi. Nem vivo, nem morto, esqueço de acrescentar. Anota meu nome, número da casa, volta ao carro, a farda apertando o pescoço. Sirenes e latidos na esquina.

Entra a tarde.

Na rua, o grupo vai dispersando, o morto fica ali, para o tempo e as moscas. A hora do almoço venceu o interesse. Eu me pego nas entranhas da casa, evitando a janela aberta. Penso em ir lá, descobrir por mim a novidade, mas desisto. Não o suporto.

O corpo, ali, é como se postado para mim. Fosse um bêbado, enxotava com dois chutes. Um gato lamentoso, uma bacia de água. Antes um estranho, rondando a casa, fazendo anotações mentais para um assalto. O que quer um morto? Quer sombrear a minha casa. Vem me buscar na cozinha. Uma visita sem anúncio, ocupando quarto, sofá, sapatos. O olho de carne me encarando, enchendo o assoalho de lamúrias, querendo contar sua história.

A água não gela no refrigerador, mas bebo quanto posso. A noite termina de chegar com um café, para o frio que não sinto, e um sanduíche, para a fome que não tenho.

Na TV, um homem de colete preto tenta abocanhar um microfone. A repórter entorta as sobrancelhas, enquanto entrevista pais e mães se abraçando. Sua voz continua, preocupada, sobre cenas de pessoas amassando papéis em filas contra portas fechadas. E corpos. Sobre macas, prateleiras, cantos de chão. Ali atrás, uma perna escapa de seu cobertor branco, trocando seu frio com os azulejos. O apresentador pede que eu não saia, são apenas dois minutos.

Eu não obedeço. A janela está gritando, gritando. Eu minto estar à procura de uma brisa.

Do outro lado da rua, o morto está largado em paz.

Ali está ela, esperando o quê, no silêncio da hora do jantar? Eu cisco o chão, agarrado na barra da janela. O peito protegido pelo muro, os olhos duros no pacote estirado. Ela espera.

Eu mordo a impaciência no lábio, desenho uma parábola no barro seco. Ela me recebe sem olhar.

"Eu não percebi que ele estava morto. Deitado na poeira, a poça escura, o miolo escapando pelo olho, e eu me assustei, como se fosse levantar e me pegar pelo pescoço, ou pedir uma informação. Antes dele, eu corri. Eu só queria vir para cá, fechar esse portão entre a gente. Disseram que eu liguei para a polícia e só gritava 'mataram meu filho, mataram meu filho'. Não se parecem, porém. Apenas morreram. Agora, estou bem, ele silenciou. Eu disse 'ele'? Quis dizer a rua. Os latidos pararam, percebeu?"

Não percebi. O colar de suor reluz no pescoço de Dona Alita. Demoram a recolher o corpo ainda, será? Ela finalmente me enxerga:

"Provável. Tem muitos assim, por toda a parte, viu no jornal? Uma cidade insepulta. No Beco da Cor, deixaram um corpo por três dias. Os cães de rua iniciaram o serviço, comeram orelhas, bochechas, quase toda a barriga, me disseram. Perderam o medo. Agora, dizem, andam de bando nas calçadas, os olhos espetando a gente, latidos e risadas, prometendo os dentes. Acuando o povo para dentro de casa. Apegaram-se ao gosto de gente, eu acho..."

Ela interrompe a fala sem susto, os olhos retos e eternos. "Mas olhe, temos companhia."

A trinta metros, a cena desenha a cicatriz. O morto descoberto, mais pálido que a luz do poste, e um menino, acocorado sobre seus 7, 8 anos, encarando-o com curiosidade, medo e respeito. Como quem olha uma fotografia do futuro.

Em alguma rua próxima, os latidos recomeçam.

Fogo

Faltam 17 anos, sejam breves, por favor. Ela encosta o peito no gradil da varanda e inspira a madrugada da cidade, até luzir os pulmões. Libera o ar aos poucos, praticando um exercício aprendido nos apitos da adolescência. Quatro segundos, prende, sete segundos, solta. A contagem regressiva é seu matrimônio, o único compromisso. Mais 17 anos e, a partir de então, o copo estará todo cheio, quem se importará? Até lá, médio e indicador se esfregam, acalentando o vão entre eles.

Noite passada, quando éramos jovens, no bar, ela sentava e apontava a lanterna apagada. O escolhido atravessava mesas, calçadas, marés, o fogo nas mãos. Ela tragava, emprestava a cadeira ao lado, às vezes a cama. Nunca por tempo demais.

Veio o primeiro fracasso, as mãos apagadas. O fogo não veio. As mesas foram fechando suas portas. A noite, um tapete de copos plásticos despojados. Ela ia se acostumando a levar apenas o cigarro para casa.

Mas teve uma noite, ele chegou espremendo os dedos. Não tinha fogo, pagou uma bebida. Posso sentar? Sentou-se à beira da cadeira, antevendo a expulsão. Vi você, bonita, quis conhecer, importuno? Ela deixou, só para vê-lo queimar, engasgar no meio das sílabas. Ela ria, mas os tropeços iam tão seguidos que formaram um galope. Divertida, ela se viu indo com ele.

Ele pedia. Desculpas pelo carro, pelas escadas, pela bagunça. O gelo que ficara no bar ainda agitava a mão e ela ia relevando.

Tenho disco, tenho vodca. Quer comer? Ele se sentou na ponta do sofá.

Queria um cigarro, tinha? Ele tentou dizer que sim, apontou para a cozinha e foi buscar na gaveta do faqueiro. Ela o segurou na mão, ainda apagado, a outra desarmou o zíper.

E acendeu.

Minutos depois, voltaram à tona. Ela procurou as roupas, fazia na mente o caminho de volta para casa. Ele buscou-lhe o ouvido. "Queria que você ficasse." Ela agitou o ombro, livrando o toque. Outro dia, talvez?

Segurou-lhe o braço com as lesmas dos dedos.

Eu emprestaria uma camiseta, serviria de camisola. Podíamos ficar abraçados, você dormindo, eu velando. Talvez você me agarrasse novamente, meio sonolenta, antes do dia. Eu me levantaria cedo, você acordaria com o cheiro bom da cozinha. Ficaria pro almoço. Pra amanhã. Iria ficando...

Ela apressou as roupas de volta ao corpo.

Podia fazer você ficar. Vê:

Sentado na cama, os pés no chão, ele abriu o criado-mudo. Ardendo, dentro, o aço preto e frio. Não tocou, apenas manteve ali, à mostra. Eu podia, se quisesse. Agora não gaguejava mais.

Ela vestia a blusa desordenada, a cabeça tentando entrar pela manga, os olhos na gaveta. O abajur iluminava o homem. A barriga quebrada, o rosto liso de emoção, o pênis semidesperto, a mão apontando a arma. Ela foi saindo do apartamento olhando só para a frente. Muda, represando a pressa, como alguém desvia os olhos de um cão rosnando. A todo passo, sentia a mão dele a centímetros das costas, os dentes mordendo o ar dos ouvidos. O clique, o clique. Chegou sozinha à calçada e abraçou a madrugada.

Vagou, o passo ainda em fuga. Desviava dos postes, essas cortinas das estrelas. A cidade apontava o dedo, ela sentia um gosto velho espalhado sobre a língua, um sabor cinza e marrom. Atravessando uma ponte, ela fez uma promessa ao rio. Quando levantou os olhos da água, alternou ansiosa a vista da esquerda para a direita, constatando, assustada, não lembrar de qual margem tinha vindo.

Faltam 17 anos. Acenderá a brasa laranja. Sentirá, depois de tanto, o amargo nas laterais da língua, o ar quente formigando a boca, os pulmões. A moleza descendo pela nuca, pelas pernas. Terá 70 anos, então. Que passem rápido. Não importará mais se o cigarro plantar o caranguejo nas veias, empedrar os alvéolos. Somente terá tempo para ser seu amigo. E talvez, ao tragar, não sinta mais o gosto misturado de aço e suor.

Frio

"Você não vai embora?" Por cima do balcão, o homem me empurra com os olhos, enquanto mastiga a idade. Eu não quero ir.

"Que horas são?" Eu pergunto, fingindo um gole na cerveja que acabou faz tempo.

"A hora já passou." E se levanta do banco, elaborando um manquear de sono para enfatizar o dito. Eu passeio pela cachaça nas garrafas de poeira. Minha indolência fingida sequer levanta as pálpebras. Tento uma outra vez. "Pode pôr na conta?" Um grunhido mal sai da garganta, enquanto recolhe garrafa e copo vazios. Bate a porta e arrasta o ferrolho com a mão segurando o dinheiro amassado. Pelo cansaço e pelo incômodo, manteve o troco gordo.

Quando termina de se trancar pelo fundo da casa verde, tudo o que soa no pátio vazio é um distante rumor baixo, o rio que avança carantonho lá ao final da viela. Olham para mim as janelas apagadas, sobrancelhas altas de vovós desconfiadas, e a estátua. As pedras da rua ensaboadas da chuva fraca. Lá do outro lado, o nazareno morre mais uma noite dentro da igreja. Imagino-o voando na parede com suas asas de madeira.

O gordo chega — ou já estava ali, disfarçado de sombra. Eu perco o tempo do susto.

"Tem fogo?" Esfrega os dedos médio e indicador.

"Por quê? Você tem cigarro?"

Ele nega com um sorriso esperto. Sem disfarçar, olho-o até os pés de sandália. O pijama branco e azul que os postes amarelam, o cabelo branco que o vento não agita, os olhos verdes, botões costurados nas bochechas manchadas da diabetes, a idade escapando pelas dobras do rosto. Decerto, morador de uma dessas gaiolas iluminadas que se levantaram ao redor do casario antigo, desconfortável em suas almofadas, procurando curar a insônia com um amigo acidental.

Eu dispenso o cargo e levanto a mão em despedida, mas ele interrompe.

"Hora meio incomum para um passeio, não?" Os olhinhos se agarram nos meus, o sorriso parece que vai sair da boca.

"A hora já passou." Eu respondo.

Uma gargalhada rouca. "Sim, sim. É o que minha mulher diz sempre. Coitada. Ela não entende... Tem um cigarro?"

Preço pequeno para encerrar a conversa. Eu confesso o maço guardado no bolso, estendo cigarro e isqueiro. Ele acende a fumaça e segura meu braço, prevenindo minha partida. Aponta a brasa para a estátua, à direita da igreja.

"Lá está José Mariano, eternamente montado sobre o seu negro. Sabia que, de madrugada em quando, ele sai para passear por aí? Não o Mariano, o outro. Arranca o corpo da pedra e vai topando pelas calçadas, olhando pelas janelas, o rosto de cobre cansado. Minha mulher diz que não, que se ele pudesse sair daí, não voltava mais. Fala demais, minha mulher."

"Talvez tema ficar sem o Mariano."

Ele vaza outra risada. "Sim, sim. Provavelmente é isto. Minha mulher é de demasiada besteira. Coitada, não vai entender nunca."

Eu agradeço a conversa, justifico a despedida Ele não escuta, ou não quer. Agora, agarra meus dois braços, o sorriso de marfim. "Mas eu a amo. Mesmo agora, metida naquela cama, as pernas imprestáveis, quilos e dobras de lençóis e cobertores. O frio dela está dentro, sabe?"

O sorriso não se desfaz, dentes roubados a um boneco de ventríloquo, a um macaco de corda batendo pratos. "Ela chora. Briga com as paredes do quarto. Eu tento acalmar. Abro a janela, mostro o sol, as árvores. Mas ela não entende. Quer a rua. Quer ser o negro para não voltar ao Mariano. Eu digo que é da vida, que rouba o lado de fora e um dia vai roubar o lado de dentro. Não está longe para ela. Nem para mim, na verdade. Mas ela não entende, coitada. O que eu vou fazer, hein?"

Procuro um lugar-comum para lhe dar. Venho com este: "Não há muito que fazer. O importante é estar ao lado dela até o fim." Útil como um leque no inferno.

Mas ele aceita como um presente. Segura o meu rosto com as mãos, que cheiram a detergente sobre um resto de gasolina. "Isto. Exatamente isto."

Massageia minhas bochechas e fala entre os dentes. "Mas eu já lhe prendi demais. Quem quer saber da cruz dos outros, ainda mais nestas horas passadas?"

Agora bate no meu peito em despedida e eu sinto o meu isqueiro em suas mãos. Por que não o peço de volta? "Obrigado, meu rapaz. Boa caminhada", e vai-se apagando pelas sombras da calçada.

Eu olho mais uma vez para o pátio vazio, as casas dormidas. No final da viela, o rio ressona uma voz de pedra.

Repique

Solene pose de Zezo, que alertou: faz o pelo-sinal. "Meu pai dizia, sempre o pelo-sinal antes de entrar no mato", completou como argumento suficiente. Mais para evitar outro discurso, eu repeti o gesto, imaginando uma cruz entre boca, peito e ombros. Ele foi entrando comigo e com a história pela sombra das árvores, e a lua cheia parou, com medo.

"Besta a filha de Seu Figueira não é. Ela ontem me puxou por estas sendas e eu acompanhava de tropeço. Ela ria e parecia abrir as picadas assim, mostrando os dentes. Quantas vezes não fiz este caminho de dia?

Mas, à noite, ele é outro, fala com outra voz. Não seria surpresa se eu e ela chegássemos em outro destino", esquivava de pedras, raízes rasteiras e palavras mal escolhidas. "Mas chegamos ao mesmo lago. No primeiro tronco, ela me encostou e aproximou aquele riso de mim. A gente até hoje só viu menina, Rudrigo. Aquilo lá é mulher, e beijo de mulher é um braço mexendo dentro do homem, bagunçando as gavetas. Eu sentia o peito dela no meu, eu adivinhando com meu corpo o corpo dentro do vestido."

"Fui subindo pela coxa, pelo calor de Joana. O rosto dela, a boca aberta, os olhos apertados, era a coisa mais bonita que eu já quis pra mim. Mas ela segurou minha mão. Disse, espera, eu volto. Selou minha vontade com a boca e se afastou por trás de umas árvores. Foi como parar um trem. Eu suava sem pernas, respirava sem ar. Sentei no chão a dor da virilha. À frente, o lago estava todo aceso da lua. Até então tudo que eu via era Joana. Não percebera como todo o redor estava lustrado em jeito de sonho, o brilho sobre as folhas, o céu limpo de nuvem. E eu fiquei ali, quanto tempo, passando a mão sobre as gramas, até encontrar um seixo achatado. Lembra? Eu nunca repiquei uma pedra n'água como vocês, as minhas sempre afundam na primeira vez. Pois — a lua, a noite, Joana — eu achei que ontem eu conseguiria. Segurei entre o indicador e o polegar, aprumei o braço, na cabeça esquadro e compasso, e atirei. Ela disparou assobiando, bem rente ao chão, e, assim que tocou a água… afundou como todas as pedras que já joguei."

Eu gargalhei e ele junto, zombava e balançava a cabeça do próprio fracasso. Mas nem por isso deixou de avançar. "Pode rir. Eu também riria. Mas não pude, porque a pedra voltou."

Ouvi direito? Parei. "Exatamente a mesma pedra", Zezo me puxou em frente. "Caiu molhada nos meus pés. Me deu um frio e então eu não tinha estômago, fígado, intestino. Somente um coração, imenso, querendo sair pelo peito. Olhei pro lago, e a margem serena. A mão tremendo, apanhei outra pedra e, para confirmar, atirei. Desta vez sem me preocupar se ia repicar ou não. Cinco segundos depois, eu vi: o lago a cuspiu de volta. Detrás de mim, veio o grito. Era Joana, em pelo nu. Vinha sem roupa me surpreender, cercando de mim, e viu a cena. Eu ia acalmá-la com sei lá que fala, mas ela enfiou-se pela mata, e eu atrás. Ninguém a tenha visto entrar em casa, espero. Ela não quis nem parar para pegar o vestido."

"Por isso eu estou voltando lá. Pra descobrir o acontecido. E você está indo comigo para eu saber que aconteceu."

Nós continuamos, o ar preenchido somente pelo som dos passos. Eu ansiando e medrando, até chegarmos ao lago, onde um milhão de vaga-lumes afogavam em agonia. Um silêncio de assustar os ouvidos.

"Vejamos", disse ele, somente, e pegou uma pedra no chão. Levantou-se com o ar grave com que se batiza uma criança, ou se mata um inimigo de longa data, e lançou-a no meio do lago.

Os quatro segundos depois foram um abismo, onde mergulhei. Os amigos sairiam de dentro das árvores, gritando um susto elaborado; nada aconteceria e Zezo passaria a noite apedrejando o lago, tentando provar que o ataque inesperado de Joana não causara alucinação; ou a pedra voltaria, cuspida?

No quinto segundo, ela rompeu de volta a superfície, pouco agitando os vaga-lumes, caindo perto de nós. Eu a apanhei, úmida e sólida. "Confirma, você viu, essa pedra está mesmo na sua mão", pediu. Balancei a cabeça, e ele armou um sorriso infantil. Ia dizer algo, mas foi interrompido ainda no fôlego.

Quisemos correr, voltar de olhos fechados, mas onde estavam as pernas? Devagar, algo se levantava do lago, se desfazendo da água. Ficamos. Ficamos eu e ele assistindo àquele brotamento, as mãos sobre os peitos. E, quando aquilo se descobriu totalmente, eu entendi que nenhum de nós nunca mais quereria sair dali.

    Ela era linda.

Campainha

Pedro Indo era sozinho. Tão sozinho que, para ter com quem conversar, inventava piadas e contava a si mesmo. Mas, como já sabia como acabavam, nunca conseguia dar risada. A vida de Pedro era assim, sozinha e sem graça.

Pedro morava com a mãe. Ela era tão ocupada, tão ocupada... Como nunca tinha sono, contava carneirinhos para adormecer. Mas se concentrava tanto em não perder a contagem que a manhã chegava e ela continuava acordada. Entre encostar a cabeça no travesseiro e o nascer do sol demoravam 21.362 carneirinhos. Às vezes 21.363. Às vezes 21.361.

Mamãe estava sempre fazendo alguma coisa. Ora cozinhava, ora lavava os pratos. Ora costurava, ora dava de beber às plantas. Ora arrumava a casa, ora desarrumava tudo, para poder arrumar de um jeito diferente.

Mas Pedro era pequeno. Não sabia cozinhar, não sabia lavar pratos, não sabia costurar, não sabia arrumar. Não sabia nem desarrumar as coisas.

Todo dia, Pedro acordava e encontrava a roupa lavada, dobrada e perfumada. Encontrava o café quentinho, leite, pão e queijo. Mas trocaria leite, pão e queijo por um beijo de bom dia na testa. Só que mamãe não parava para beijos, porque a chaleira apitava, a máquina de lavar disparava, as margaridas ameaçavam morrer de sede. Sempre alguém podia chegar à porta, e mamãe precisava estar atenta a tudo. Com tanta atenção, não sobrava nenhuma para Pedro, nem para sua testa.

Pedro Indo um dia acordou e estranhou o redor. Alguma coisa mudara, mas ele não conseguia explicar. Olhou pelo quarto, mas tudo estava como sempre. Pela janela, o mundo ainda era o mesmo que girava lá fora desde que podia lembrar.

Só então, prestou atenção em si e notou: quem havia mudado era ele.

Com as mãos diante dos olhos, Pedro começou a contar. E a contagem terminou mais cedo que o normal. Só para ter certeza, contou de novo. Uma terceira vez, também. E nove dedos levantados ocupavam o lugar em que dez costumavam estar.

Desceu as escadas correndo, gritando: "Mamãe! Mamãe! Perdi um dedo! Está faltando um dedo!" Mas mamãe estava ocupada, correndo para atender à porta, onde alguém batia. "Você tem outros nove. Um só não fará falta. Veja, você está andando e falando, não está?", disse ela, enquanto dispensava o carteiro e corria de volta para a cozinha, onde a panela de pressão assoviava.

Pedro procurou em toda parte. Levantou travesseiro e colchão, lençol e cobertor. Abriu armários, gavetas, o baú de brinquedos. Bateu o quarto inteiro, e nada de o dedo aparecer. Era como se nunca tivesse existido, pensava, alisando o lugar da mão que sentia saudades do mindinho.

No dia seguinte, partiu o outro mindinho, sem despedida, sem recado. A mãe, ocupada com quilos de roupa suja, replicou: "Para que serve o dedo mindinho, além de tirar cera do ouvido? Falando nisso, já tomou seu banho? Vá logo, que eu preciso trocar as toalhas."

Pedro ia sumindo, dedo a dedo. Quando não os tinha mais, acordou um dia sem as mãos. Fazia malabarismos com os cotocos dos braços para segurar o copo de suco, juntar as porções de comida e levar à boca, pois mamãe não podia interromper o varrer do quintal para alimentá-lo.

Um dia até os cotocos dos braços de Pedro se foram. Fato que mamãe recebeu com ainda mais tristeza que ele. Agora, tinha um afazer a mais. Um não, vários. Além de todas as obrigações diárias, precisava servir comida ao filho. E dar banho. E trocar sua roupa. E calçar seus sapatos. E virar as páginas dos seus livros de estudo.

Enquanto fazia tudo isso, havia sempre alguém batendo à porta para uma entrega, ou uma comida ameaçando queimar no forno, ou a chuva chegando sobre a roupa estendida no varal. E mamãe, que nunca fora alegre, tornou-se ainda mais angustiada. Nem falava mais.

Pedro também não falava com a mãe. Um pouco por medo, um pouco por vergonha. Pensava: cada mancha em uma roupa lavada, cada casquinha queimada na comida, esgotava a paciência e fazia amá-lo menos. Cada pedaço perdido do corpo, eram segundos necessários do seu dia.

Pedro Indo agora era um ladrão. Roubara o tempo e a alegria da mãe. Sua punição era o silêncio, e a ele Pedro se resignou.

Foi numa manhã branca de tão iluminada que mamãe acordou Pedro.

Ele sonhara que estava novamente inteiro e, junto com mamãe, brincava no jardim. Depois de plantarem pequenas flores azuis, entravam em casa, e o menino dizia com uma pose solene: "Hoje eu faço o almoço." Ela sentava-se na poltrona mais confortável da sala, com os pés repousados sobre um pufe macio.

A visão embalava o coração de Pedro: mamãe e o descanso que sempre mereceu. Ali, iluminada pelo brilho que entrava pela janela e inundava, pintando tudo de um branco puro. O primeiro branco do mundo.

Quando Pedro acordou, o sol entrava pela janela, ardendo na vista, e ele tentava se acostumar à claridade. Mamãe ainda estava lá, deixando aos poucos de ser uma mancha cercada de branco. Mas ele ainda não conseguia identificar qual expressão ela carregava no rosto. Surpresa, pavor ou alegria.

Era um grito.

Ele tentou se levantar para ver melhor, mas não conseguiu.

Tentou olhar para a porta, mas a cabeça não girou sobre o pescoço.

Pedro não sentiu o pescoço.

O menino se angustiava. Não fazia peso nenhum sobre a cama, sobre o travesseiro. Era como se flutuasse sobre os lençóis. Na verdade, era como se não estivesse ali.

E pensou: meu corpo todo terminou de sumir? Não sobrou nada além do meu fantasma? Mamãe está gritando porque viu a minha alma penada, flutuando sobre a cama?

Ao acreditar ser um fantasma, ele foi ficando com medo de si mesmo. Pensou que não adiantaria correr, fechar os olhos, chamar mamãe. Seria para sempre a sua própria assombração. E foi mergulhando numa poça de pavor, misturado com tristeza.

Mamãe aproximou-se com água nos olhos e um sorriso confortável. "Eu estou aqui, veja, não tenha medo. Vou lhe proteger, vou cuidar de você, e nós vamos ficar para sempre juntos."

Ela colheu Pedro da cama, como quem junta um par de pedrinhas muito frágeis, cobrindo-o com palavras amorosas. Carregava Pedro no colo como há muito não fazia, sem qualquer esforço. Todo o peso de Pedro eram uma boca e dois olhos.

Mamãe fazia planos para os dois e repetia o tamanho gigante do seu amor. O filho que ela sempre quis. Com muito cuidado — e com muito carinho — colocou os olhos de Pedro do lado de fora, sobre a entrada de casa. A boca, ela pôs do lado de dentro da porta.

E, desde então, todos os dias pela manhã, mamãe acordava sorridente e dizia: "Bom dia, meu filho." E beijava seus olhos. E beijava sua boca. E conversava com ele o dia inteiro, enquanto cumpria suas tarefas. E Pedro plantava os olhos atentos sobre a entrada da casa, e sua boca alertava sobre qualquer visitante que se aproximasse, poupando preciosos segundos de trabalho.

Assim era Pedro Indo, o melhor dos filhos.

Era Pedro Indo, amor da vida de sua mãe.

Presente

Os velhos carregamos nosso próprio frio, Nikolina. Quando ele se une ao de fora, ossos e ventos, o cobertor da lápide parece confortável. Sei, sim, é gelado embaixo da terra, já estive lá. Modo qualquer, quem o sentirá, quando todos os incômodos cedem à morte? Não, não voltamos por casaco, escute os sinos, o ofício não vai esperar.

Já contei de quando estive embaixo da terra, Nikolina Andromaha? Eu era as pernas incontroláveis dos 9 anos, o borrão de barro na saia branca, a vista dos galhos altos, do fundo riacho. Bastava estar em casa, e estava em fuga. Sempre um caminho escondido, corrido descalço. Na tarde marasmada, cheguei a um lugar nunca antes, atravessei a cerca banguela, uns fiapos no arame. Risquei um gramado ralo, umas tábuas gastas reclamaram o peso que eu não tinha. E cederam.

E eu entrei pela boca do escuro.

Era um poço, disseram, a sorte de estar seco. Cavaram dois dias para me encontrar, espremida, fininha, tremendo sem acordar na lama do fundo. Os pais, os vizinhos, apontaram para deus por meus poucos arranhões, pelos ossos inteiros.

Não sabiam, não estavam lá. Eu acordei lembrando outra queda.

Caí, e o chão de cascalho me esperava. Depois de espanar a dor dos joelhos vi a caverna se estendendo de pouca luz a nenhuma. Lá em cima, não responderam os gritos, aquela boca branca muda. Eu vaguei, os corrimões de pedra fazendo caminhos, bifurcando, sem olhos, sem tempo, sem volta. Parada, eu avançaria tanto quanto, parecia. Mas umas paredes se acenderam, lá e aqui. "Dimitra Dimitrova, bem-

-vinda", a voz nem parecia vir da armadura imóvel, de ouro queimando, próxima a uma tocha. A viseira faiscou ao virar para mim. "Tenho um presente para você. Por isso, me desculpo." Veio triturando o piso sob as botas, colocou-se na minha altura, a mão segurando-me o ombro, e começou a descobrir o rosto.

Ficou na conta do sonho, os velhos sabem mais, e eu engavetei o encontro.

Meu pai ralhou, completou a dentadura da cerca. Agora, sempre um adulto atento, a corda curta, meus voos eram baixos. Mas o dia sempre vem. Oito, nove crianças, espalhávamos poeira pelo quintal, corre-pega, as risadas salivando os dedos nas camisas. Parei. Detrás das montanhas, ventava o algodão de chumbo, apontei. Ninguém via, eu alertei: "Vejam, chegou a grande tormenta." E, de novo, me engoliu a boca do escuro.

Eu já fui cega, Nikolina. Não deste leite preguiçoso de agora, enchendo os copos dos olhos, esse sono que não adianta lavar do rosto. Fui cega de um quarto sem fresta, o fundo da noite. Dez anos eu vivi dentro daquela boca. A reza da mãe, a lupa dos médicos, nenhum me resgatou. Eu sofria? Sim, meus joelhos testavam a raiva das coisas, as mãos raspavam a aspereza das paredes, os pés resmungavam a correria guardada. Mas era eu quem pacientava a casa, cobrava calma. "Não é para tanto. Não é para sempre", eu sabia. E sabia outras.

Eu perguntei, mãe, quem é Atenas Lazarov? Morava na cidade, atrás da loja de ferramentas. Elas não se viam há anos, a juventude guardada na distância, nem se tinham mais tanto apreço. Mas veio quando chamei pela dor desfiando seu estômago, guardada em segredo. Não contara a ninguém, temendo a saúde levar consigo o emprego de miséria. De dentro do escuro, eu sentia o bolo espinhoso na sua barriga, vivo e faminto. Cobri-o com as mãos em concha, ela não gostou, sentiu frio e fuga, mas ficou. Saiu fácil, mostrei-lhe o tumor. De sangue marrom, eu sabia. Coloquei num saco, disse para enterrar no domingo, na noite do átrio. Ela viu a pele inteira, respirou o alívio no abdômen, me beijou, minha mãe. Disse que sorria.

A mãe não pôs resistência, viu, ouviu e aceitou. O pai não — os homens têm os pés pesados — viu invenção, inquiriu. Eu respondia repetido, eu só sabia. A conversa ia, não vinha, eu interrompi: avise Isa Rusev que corra a Tundja, a mãe dele tem vida para apenas dois dias e uma confissão para despesar. O pai ergueu a mão e quase desceu sobre mim, eu senti, mas foi ao amigo. O serralheiro só voltou à cidade para buscar os pertences e pôr tinta de caneta à venda da casa. As flores que enviou perfumaram meu quarto por uma semana.

Ponha intenção nesse passo, Nikolina, não adivinhe meu cansaço. O padre já começa o serviço. Não que valha pressa o sermão, o rapaz. Mas gosto de rezar com o fundo de sua voz. Dá-me ponto e contra, como o chotki sob o travesseiro. O que eu peço, Nina? Há muito, só um pedido.

Depois de Rusev, os vizinhos passaram a habitar o jardim da casa. Meu pai abria o funil da porta e eles pingavam o dia inteiro. Cantavam perguntas e dores. Queriam curar pernas, rins, amores. Ajudei alguns muitos. Cada um trazendo outros, povoados com a notícia sob os braços, uma chance última aos ombros. A família deixou o plantio. Os curados, quando tinham, doavam mancheias, mas nunca cobramos, o pai era reto. Aquilo foi virando nosso viver.

Trouxeram o homem da estrada, as pernas quebradas, os olhos de besouro, respirava um fiapo, costelas e pulmões misturados. Eu limpei com as mãos, tanto escombro que dormi dois dias, sem sonhos. Acordei e ele também, inteiro. Os lábios a meus pés, agradeceram. Contou ao pai, não merecia, fora mau, roubara, ferira, quem o deixou para morrer fizera bem. Mas eu, dizia, limpara seus coágulos e o coração, era novo e ansiava fazer o inverso. Pediu, deixe ficar. "Não falta onde ajudar. Aqui, quem eu fui não chegará, o lugar dele é morrendo, na estrada." O pai deixou, ele ficava feliz de acordar o dia, carregar os pesos, conduzir quem chegava, montar as filas, escolher urgências. Eu sentia seu olhar em mim com a pele do pescoço, nas quinas dos corredores. Pensava ser o que seus livros, Nina, chamam de amor. "Cura essa vontade em mim, Dimi", ele dizia.

Espremeu de mim uma nuvem e eu nada via além do ele de então. Não vi quando foi embora, nem aonde, nem seu nome verdadeiro. Foi de bolsos plenos. O pai descobriu quando vieram lhe pagar o devido.

"Não há cobrança, aceitamos o doado como a gratidão. Vale o mesmo."

"O outro cobrava. De todos", responderam.

Queime seus livros, Nikolina Andromaha. Eu queimei o nome dele, o que tinha dado, e decidi: dez anos haviam passado, era tempo de enxergar de novo. Escolhi um sol nascente, escorrendo água dourada, eu agora via tudo e pedi pela primeira vez.

O pai falava pouco, pedia menos, mas veio, um dia, sem ciscar assuntos. "Dimitra, sou velho. Mais amigo da morte que do berço. Você saberá da minha hora antes, não me previna, não a evite, não quero um segundo além do devido. Nem quero contá-los." Eu toquei as pálpebras que começavam a rachar e o abracei por cinco anos.

Longe de Sófia e de tudo que é grande, mesmo assim sabíamos, Nikolina. Este país, estas montanhas, sempre tiveram donos arvorados. Os da vez vieram, chocalhando as medalhas, empolando pátrias promessas. De confortos, proteção, eu e a família. Para ser maior, ver mais longe. Neguei essas honras de aquário: o que eu vejo é este pouco, vale só para um, uns. Sei nada do que vem para nações, poderios. Peguei a mão do pai, já fraca — não sou do seu tamanho.

Eles mastigaram a estrada e os outros esperaram que voltassem com laços de força. Não avisei do céu de bombas, do veneno, do monarca menino, dos novos donos. Não voltaram, porque não tinham tempo.

Nem o pai, eu sabia.

A morte espremeu o coração, uma tarde, 16 anos após minha descida pela caverna. Noite antes, fizemos um jantar, eu e a mãe, abrimos vinho, esticamos a hora, lembramos as histórias desusadas. Ele sorriu, mas seu olhar ficou procurando minha confirmação. Acordou com o sol erguido, pisava leve. A mãe chorou pouco, escureceu o xale e pegou-se a horizontes.

Georgi Georgiev veio dentro de semanas, trouxe-o a irmã. "Vim porque não acredito", disse, "acreditasse, não viria." Não falou da esposa e do filho, antes dele afundados. Por 28 tardes eu pus as mãos sobre seu peito, seguidamente. Tossia, tossia, o que cuspiu eu pedi que queimassem no crepúsculo da cerca, e as cinzas ao vento da manhã. Só depois ele deixou a voz me acostumar, conversávamos o passeio dos braços na tarde. Os pulmões floresceram, lustrou os olhos, eu explodi em pétalas e ele foi ficando.

Lembrando do outro, a mãe exigiu. Fosse para ficar juntos, fosse sério: com intenção e liturgia. Georgi concordou, como eu, o coração dava flor. Pouca festa, gente pouca, um beijo e a lembrança do pai, juramos eternidades. A eternidade ria.

À noite, ele sobre mim, eu em volta dele. Ali, o ar faltando, eu conheci Elitsa, e soube tudo sobre ela. Cresceu para não caber no meu útero, repetiu meus olhos, a boca do pai. Aprendeu as letras e o violino. Teimava contra a noite, só dormia quando eu ruminava uma cantiga que a avó ensinou. Temeu os fantasmas, depois os abraçou. Corria sobre meus pés, cresceu para não caber na casa. Arco e cordas nas mãos, viu o mundo. Voltava aqui, ali, mais do que podia. A casa crescia, a fila da gente que eu remendava, ela ajudava, queria saber. Abria meu quarto para o nascente, elogiava meu pão, tocava o acalanto para mim na varanda apagando. Eu, o pai, a vida correndo para rio. Um dia, uma noite, ela contou, sonhou com um cavaleiro de armadura dourada. Ele disse...

Então eu soube: o escuro.

No quinto mês, Nikolina, minha barriga virou passa. Na água dos lençóis, Elitsa afogara, uma ratinha vermelha. Georgi chorava.

E eu pedi pela segunda vez.

Fechei minhas portas, a fila na entrada esfarelou. Nunca mais a mão colheu o mal, nem o aviso dos dias. Vesti a venda do futuro. Quando a mãe morreu, sem aviso, viemos a Sófia — eu, Georgi Georgiev e as mãos dadas —, onde vivemos só para o adiante. Ele, de um comércio sem alarme; eu, da madeira do chotki, contas da minha herança. Um cunhado construiu-me um quarto quando meu amor tomou o trem sem trilho. Eu pouco precisei, desde então: a queda das folhas dos dias; a fumaça do cachimbo; estes domingos, quando ouço o gaguejar do padre; a sua atenção, Nina, para que eu não morra gelada entre a igreja e a casa.

Mas até hoje, eu pago o ágio de saber. Sei, por exemplo, que você não é, apenas usa o rosto de Nikolina Andromaha, minha guia dominical. O tabaco não me roubou o olfato. Você não cheira a amêndoas doces, mas a madeira marmorizada e uma terra que pisei oitenta anos atrás.

Mais: Este não é o caminho da igreja — nem o leite dos meus olhos esconde. Há muito trocamos calçadas e conversas de vizinhos pela terra batida e segredos de pássaros.

Sei para onde me leva. A cerca banguela, o gramado calvo, as tábuas podres cobrindo meu retorno. Ele me espera? Erguerá a viseira dourada, após ajoelhar à minha frente — os anos me encolheram até o tamanho que tinha? Eu tocarei seu nariz pontudo e ele atenderá quando eu pedir, pela terceira vez:

Leve embora seu presente.

Areia

Violetta, disse a quase menina, tocando meu piano na madrugada de ontem. Meu nome é Violetta. Um noturno numa penumbra de quarto. Violetta era um passarinho.

    Informava: Este quarto não me agrada muito, mas lá fora eu seria apenas luz. Sabia que a luz pode se perder num mundo tão grande, espalhar para nunca mais? Às vezes, você olha para o céu só por olhar — porque, até com os olhos, o que a gente busca mesmo é imensidão — e quase some, porque os pensamentos chegam lá primeiro. Às vezes uma luz se mexe no céu e você nunca vai saber se era um avião ou algo melhor. E vem um desejo feito fome, de desmantelar na noite como areia fina. Talvez seja assim a minha história.

Perguntei e ela começou a responder antes de ouvir. O que faço aqui é um pouco mais do que sei. Apenas descansando, juntando, talvez. Talvez vir dizer algo, isto: é preciso tornar-se ar, éter, e tocar tudo para poder ver um pouco melhor. Isso eu posso dizer.

Eu tive um sonho.

Acordando, Luna ainda me espiava pela janela, espremendo o rosto no vidro. Eu sempre quis, sem desistência, mas assossego. Eu era agora um desejo antigo rebentado no meio do quarto.

Violetta é pessoa real, não de pegar, mas de existir, eu sei.

Lavo o meu silêncio, venho ao jardim da casa. Aqui se podem ver estrelas. De noite é quando se pode sentir imenso. Esparramo-me como se fosse maior que eu. Quase ouço músicas. Sinto um cansaço confortável e a impressão de tudo estar dormindo fora de mim. E resisto a fechar os olhos, pois creio: quando voltar a ver, não será por eles.

Cada pedaço de mão, de dedo, de olho e pulmão, é um corpo só, dividido em outros tantos corpos e assim para a frente, tão completo de tantas e tão divisíveis partículas, que no final pode-se dividir ao nada, dispensar o corpo. Se pensar, o corpo escuta. Se pensar, o mundo escuta. Formigantes, os membros acusam resposta. Leve, cada vez mais, depois, somente a ideia de ser como água... Disperso...

Ao espalhar, granulado, um rebuliço escapa em mim. Um pavor de nunca mais ter centro me atravessa e abro os olhos. Volto ao meu inteiro, eu ainda cheio, carne e osso de fracasso.

Volto ao quarto e encontro a menina, sentada na janela que Luna desenha no chão. Ela fala?

Se quer vir, não pode deixar pedaços, precisa se jogar no vazio como num poço, anelar. Não digo ser melhor, é somente maior. Requer precisão e desapego, não há como se premunir. Quer? Plenificar o todo?

Meus olhos aos pés.

Diz ela: Um dia, alguém sentou-se à noite, só, como é quase impossível nestas datas. E alguém tinha cansado, o langor triste que o mundo causa. Daqui eu nunca fui, nem de quem mais amava. Noite boa, de céu aberto, e eu não escutava alguém dizendo: o tempo deu cambalhotas... os tempos estão entrando uns pelos outros... mesmo se ouvisse, seriam palavras somente. Hoje não, tanto dizem.

Conte. Diga. Conte.

Ela: veio a brisa, as árvores do redor todas falando pelas folhas, entrou-me pelas vestes. Dei-me ao abraço e quis mais, dar-me ao dispor. Quis ir a de onde vinha o vento. Braços, mãos, dedos, boca, ventre abertos, pensei. E me pensei levantadiça, e o vento levando, num amor sem enlace. Medo, claro, quando me senti maior que eu. Mas o curso foi me tomando, e eu sentindo como se sente naqueles secretos lugares da infância: o quarto, a árvore, o jardim, a janela onde é cheia a certeza do mal algum. E pensei nadar entre peixes. E a voz, que eu agora adivinhava, dizia, o que dá valia à vida é o entretanto... O mais foi existir, até aqui e além.

Se quer vir, tem que deixar o si. É o que diz Violetta. Deixo-a como quem vai ali.

Pergunto: Quem some perde o Nome? Mesmo meu eu nunca fui. Acredito. Deus é o interno vastíssimo. Se pegar pelo fim, há um extremo vasto, que é para dentro. O espaço finito se pode encher até nunca transbordar. Eu tenho corpo a mais. Sempre.

Violetta é o meu mergulho, de existir duvidoso — como também é deus, mas não é ele o que vale?

O jardim cheira a noite fria e não vejo nuvens. Tomo chão, as pernas cruzadas, os braços alongados ao corpo, os olhos fecham-se por próprio querer. O vento bate como receoso. Um silêncio de grilos e gias sobe da grama, a luz de Luna entra pelos meus olhos cerrados, faz desenhos. Aperto os dentes quando me assume o formigamento. Sinto leve, mas pouco aerado, os membros tomando rumos, o todo se dividindo à sua última partícula, e esta também. O corpo desmanchando num redemoinho partido até infinitas e inexistentes mealhas de si. Depois, dificuldade de pôr em palavras, mas o pensamento brilhando. Uma música triste. Luna pensando. Sendo o vento. O entretanto...

O que a casa criou

... perdeu-se um segundo no tempo. A agulha achou o caminho para o dedo indicador e fez estirar uma língua vermelha junto à unha. Ela revistou a memória — estava lá, estava lá —, tinha vestido o dedal antes de começar. Mas, agora, o copinho de metal permanecia, desobediente, sobre a cômoda, ao lado do jarro azul com as...

... como se chamavam aquelas flores? As mesmas crescidas atrás da igreja aonde ia de arrasto, na infância. A campainha sisuda dos sinos gritando para a cidade, "é domingo! é domingo!". Qual era o santo? Estavam também naquele buquê. Ele as tinha trazido, gago de voz e mãos, na noite quando a chamou para serem dois e um só. Qual era o nome dele? Olhou na estante o porta-fotos com o rosto amado do estranho. Impresso em duas cores — quais? — ele sorria orgulhoso, empacotado em um uniforme do Exército, da Marinha ou...

... qual o outro? Não lembrava o nome, a cor, o nome. Sentiu-se uma nadadora apanhada pela marreta da onda, entre o pânico e a asfixia, procurando o lado da superfície. Do susto, largou os pés do chão, e a cadeira se pôs a balançar. Quadro, prateleira, lustre / Lustre, prateleira, quadro / Quadro, prateleira, ... / ..., prateleira, ... / ..., ..., ...

... qual o nome da coisa? Nada era familiar. Era pousar a vista sobre o objeto, para apagar o nome, a experiência, a existência, trancados em uma gaveta sem fechadura. Um toque de assombro sobre a fronte de cada objeto, fada que aponta sua varinha de...

... como se chama esquecer tudo? Forma, cheiro, sentimento. O nome Sentimento. Como se chama ser uma criança no caminho inverso; de tudo fazendo novidade, mas esquecendo o que é encontrar o novo? Como se chama o mergulho onde as coisas se despem da história dada pelas pessoas, onde as lâmpadas vão se apagar em fila até o silêncio da vista? Como a despedida vem antes do encontro? Como...

...

olhou o dedo, o sangue preguiçoso de escorrer, e num reflexo levou-o à boca. Pensou estar em um outro conto para aquietar crianças, que talvez lhe tivesse embalado um outro sono, num outro dia que deixara de acontecer.

Não é um homem. É uma fotografia não pendurada nas paredes dos corredores. É um acontecimento, um cenário que não ficou na margem do tempo e empenhou o nado no rastro do barco onde estamos, desatentos — apenas os olhos oblíquos sobre a água. É um eco ribombando nos limites do teto. Acompanha os nossos dias, como uma fita gomada presa aos dedos. É a paisagem que observa, um instante perene cravado no centro da sala.

Ele sentou-se cercado pelos netos, olhos e risos abertos. Tem a faculdade de sempre parecer confortável, meu pai. Nenhuma cadeira jamais o estranhou. Contou uma história de antes, quando sua profissão era estar sempre em outro lugar.
"Naquele tempo, de Belém a Brasília, levava um dia inteiro sem ver cidade, povoado, rua de casas. Era noite e eu sozinho, na estrada e no caminhão. De um

quilômetro para outro, uma sensação me alcançou. Não tinha nada, mas eu tinha medo. Do planalto, da abóbada, de que a estrada nunca vencesse o horizonte. O coração apertava o rosto entre as grades das costelas. A foice da caveira sentada no carona. Parei, o freio reclamando até o acostamento, e desci da cabine. O cerrado se estendia da esquerda para o resto do mundo, e meu pensamento mudou, da morte, para deus. E não são eles a mesma coisa? Nunca tínhamos conversado, era boa hora?"

"Nenhum sozinho é ridículo: fui à frente dos faróis acesos e perguntei, alto. Que queria ele de mim? Eu estava fazendo certo, digo, desde nascido, até então? Garanti: um sinal seu e eu viraria a vida, largaria a bagagem dos anos, abraçaria o futuro de outro. Nada aconteceu. Nenhuma voz, nenhum pedido. Hoje eu estou aqui. Vocês estão aqui. Não é isso um sinal?"
O avô sorriu e passou a mão sobre a cabeça do neto mais próximo, os olhos sem nada entender.

Veio o almoço, o doce, o café, a mesa na varanda. Eu, sentado ao lado do pai, lugar que era da mãe, me acusava intruso. Ele descansava os olhos no verde lá fora e as mãos sobre a saciedade. "O pudim estava muito bom", falou entre as pálpebras. Estava nada. Não, se comparado ao que ela fazia.

As crianças já brincavam na largura do jardim. Era nossa vez — a irmã, o caçula e eu — de ouvir histórias.

"Às vezes eu acordava na hora caduca, estranhando a falta dela na cama. Ouvia o ruído baixo de pratos ou copos em uso, vidro batendo. Depois do corredor, a luz acesa na sala. Ela se divertia de eu flagrá-la com livro ou revista na mão, enquanto esperava. 'Estou com um pudim no forno, mas é só para amanhã', alertava, e tangia meu apetite de volta para o quarto. No outro dia, até o almoço, ela estendia a tortura, rindo sem se caber."

Naqueles últimos dias, porém, ele a encontrava na sala apagada, a vista perdida no teto, sem doce no forno, ou na voz. Quando ela o notava, encarava com a asma dos olhos e apontava para o nada, lá em cima no teto. "Não era sua mãe, era um hábito numa casca. Vem embora, Julieta, eu dizia. Algo lá dentro parecia entristecer e ela insistia um gemido, o dedo frouxo acenando. Eu não via o mesmo, só queria guardá-la. Carregava-a — leve e pesada — de volta à cama, enquanto pensava escutar os copos ainda batendo na cozinha, baixinho. Assim estes corredores foram ganhando metros a cada dia. Hoje eu não tenho mais pés para eles."

Tinha posto anúncio na casa. Que se dividisse o ganho pelos três filhos. "Eu não preciso mais do que um quarto, um banheiro e um rádio na copa. Vocês são o adiante, eu sou apenas insistência", explicara. Quem levou a sério, a princípio? Alardear inutilidade não é chantagem de velhos? Pagamos com carinhos. Esqueça, o senhor ainda embalará alguns bisnetos.

Mas o pai nunca foi de queimar palavras.

Ligou na terça-feira, contrato assinado, chamando. Um fim de semana, para não ir embora sem dizer adeus à casa. "Quero deixar riso de criança em todo canto de porta. Se possível, que quebrem um jarro ou outro." Obedecemos.

Ficamos só os dois à mesa, o licor demorando nos copinhos, meus irmãos pastoreando as crianças. Sua última noite na casa e essa gritaria, lamentei. Não vai dormir, acostumado com o silêncio. "Não sabe como eu preciso desse barulho. Saiba algo sobre casas antigas e seus fantasmas: no seu silêncio cabe todo som."

Parecia começar uma nova história. Mas já flutuava no sono digestivo.

Um rio que não se vê me empurra para o quarto. Dentro dele, quatro velas grossas, depositadas em cada um dos cantos, invocam os fantasmas em pé contra a parede. Cada um, uma fatia do tempo, um membro da família. É o meu receio, esse escorrendo sob as unhas, escondendo seus olhos?

Diz o menor, calças curtas e cabelo engomado, ao lado da velha: "Que tanto lhe angustia ver nossos rostos? Que temor é esse que me segura pelos braços? O que tanto não quer ver?"

"O tempo descascado na face. A trajetória da morte. O avesso da minha esperança."

"E qual desses você já não adivinhou no espelho, à perda de contas, parente?"

A vela brinca. Sua orelha treme na luz, a linha do pescoço perdida na gola bem-arrumada. Em que joelho da memória dos meus antepassados aquela voz permanece conhecida? "Mostre-se, então", eu peço, a mão apoiada no vão da porta, o pé recuado, alerta.

Como se adivinha um sorriso através de uma nuca? "A hora não demora", diz ele, lá dos anos de onde veio.

O homem magro e calvo, na outra ponta da parede, agita a mão, espantando do ar uma lembrança insistente, e o vento apaga as velas. Eu afogo no escuro e contenho no plexo solar o grito que recebi de herança.

Todos perceberam o instante em que Dona Julieta começou a morrer.

Lá na sala, portas e janelas mendigando o dia. Onde a filha ouvia o nada a fazer do doutor sem jaleco; o filho mais velho aplainava as dobras do pano de mesa e contava as peças do lustre antigo no teto da sala; o mais novo arquivava outra lembrança repetida do pai, olhos pisando n'água; as velas queimavam o manto da santa e o padre desconfiava sem reza do crucifixo.

Não foi quando os quadros do corredor começaram a entortar, empurrados por uma água invisível em corrente para o ralo destampado no quarto dela. Não quando os cavalos do pulmão soltaram-se das cordas, a garganta tragando areia e os sulcos do pescoço feito valas. Não quando as pontas dos pés arroxearam da preguiça do coração. Nem quando, após três dias imóvel, ela tornou a cabeça para os presentes naquele último quarto.

Souberam, Dona Julieta estava morrendo, quando a boca muda passou a acompanhar a última salve-rainha do rosário desfiado pelas três mulheres automáticas:

a irmã, ela mesma gorda de tosse e magra de fôlego. saudade da saúde, a próxima da fila;

a sobrinha, cinza da beleza da família. voz distraída escapando pelos dentes, amarelos da saudade dos cigarros;

a vizinha dogmática, sempre pronta a rezar pelos quase mortos de quem seja ou quem fosse.

Nenhuma das três percebeu: passaram a seguir a marcação dos lábios de Julieta.

Foram chegando os outros, respondendo àquela monodia. Como o quarto fosse um pátio para onde um sino doído chamasse. Todos em silêncio, as cabeças baixas, esperando o anúncio do dia. Do ano. Da vida. Em algum lugar, ouvia-se o som de cristais.

E ninguém entendeu por que, quando dona Julieta acabou de não dizer "Rogai por nós, santa mãe de deus, para que sejamos dignos das promessas de cristo", fechou as pregas da boca. Como guardando a alma lá dentro. Como tendo ainda algo a dizer e não queria.

Um dia ela tinha dito — e ninguém jamais lembraria —, achava tão feios aqueles velórios de defuntos da boca escancarada em ó. Por que não lhes fecham as bocas? "Parece que morreram do espanto de terem morrido."

Dona Julieta fechou portas e janelas. Dentro, o último suspiro não acabava nunca.

O sonho flutua numa queda indecisa, um lençol atirado de um avião. É um menino magro palpitando de frio, sentado no chão ao pé da parede, banhado da lua. "A viagem foi longa", diz ele, as sílabas quicando na gagueira, "Apenas eu cheguei. Os outros perderam-se, abraçados à sombra. Era essa a nossa casa prometida?" O quarto lhe dói a vista.

A luz da lua muda e o menino é outro. É um homem de rosto em pedra. Sua voz vem de um tempo encalhado. "Nossa casa terá risos nas paredes, janelas amplas, para vermos o mundo inteiro, e um brilho alaranjado do sol que se espreme entre as telhas. Com os braços uns dos outros, iluminaremos todos os seus cantos, espantaremos seus fantasmas, seremos seus senhores. Nossa bandeira em nosso planeta. Vamos por longa distância, os dias cortados em seu comprimento pela nossa marcha."

Os olhos do menino são grandes, as lágrimas gelam nos cílios. "O pai, a mãe, os irmãos sumiram, cobertos de uma noite emendada. Eu segui sozinho, para onde os pés apontavam. E cheguei aqui, neste quarto selado. Aqui farei a casa do meu pai, um farol para assentar o seu caminho."

Ele se assusta, como se acabasse de me notar. Fita minha nuca pelos meus olhos, o corpo duro como quem prepara o saque de uma arma. "É você um fantasma?"

Entre triste e alarmado, eu constato não saber a resposta.

A casa foi erguida sobre a promessa de um sorriso. Flâmulas e confetes adivinhando o desfile do bom futuro. Estamos ainda aqui, os olhos no horizonte, aguardando o primeiro carro do cortejo. Nenhuma casa acorda como esta, na calda da noite. Não acorde, não acorde. Não veja o expediente por trás das portas.

Um dia vi. A sede acordou antes do dia, me esticava pelos corredores, esponja. Guardei um sonho no quarto, atravessei o corredor, o sono amesquinhado na poeira dos olhos, tateando o caminho nas paredes, pisando molduras de portas, interruptores e retratos de parentes desconhecidos. Cada passo de ida antevendo a volta. Minha boca andava por mim.

Na esquina da sala, a luz amarela da janela arrombou as pálpebras, eu estaquei. A sede correu de volta para o quarto de menino, empacotou-se sob os lençóis, quando a casa começou a falar comigo.

Fiquei lá, cãibra na vontade, os olhos batendo asas assustadas.

Eu via dentro ou fora?

Era um buraco recortado do cenário. Um desenho de homem sentado, as costas retas no sofá, como um barão de foto. Nele, a luz não rebatia, buraco de minhoca. Eu forçava a lente recém-aberta. Quase eu via olhos pontiagudos na sombra da face, o cigarro acabara de apagar a fumaça na mão escondida. A penumbra guardava-lhe o riso, que continha uma gargalhada.

A luz da rua espetava o olho, esmurrando a janela, ventando meu rosto. Tocavam tambores nas paredes. O piso mareava ressacado, indeciso. Em algum lugar, vidro se espatifava com raiva. Cachos de aranhas caíam do teto?

Não fugi? Por que não fingi continuar detrás do sono, virando os pés — sonâmbulo que se lembrou da cama —, deixando o intruso para solução do tempo, da aurora? Agora, nenhum de nós podia desviar. Congelamos a cena. Eu o encarava por surpresa. Ele, desafio. Eu, desamparado das pernas, tentando ver dentro da silhueta; ele, guardando nos músculos o movimento que revelaria seu rosto e intenção. Eu saquei primeiro.

Quem é você? Pai! Mãe! Socorram! Quem é? Pare de rir! Mãe! Pai! Tem gente na casa!

Tinha? A sombra sequer tremeu, quando achei a voz. Nem quando do escuro do corredor veio o tropel assustado. Nem quando o pai chegou à sala, me tomou a frente e estapeou o interruptor.

O coração do velho só freou depois do meu, de joelhos, ao me examinar rosto, cabelos, braços. Sem ver machucados, lembrou-se de ter raiva. A mãe defendia, acalma, seria sonambulismo? Havia caso na família. Um primo, uma vez, dirigira quatro quilômetros dormindo, fora encontrado de manhã, na porta da repartição, batucando um memorando no volante. O pai coçava o pescoço, eu olhava pra frente. Sob a lâmpada acesa, uma pilha de almofadas ocupava o lugar do barão do sofá.

Custará tempo para deixar o quarto nas madrugadas. Pago o preço de horas de insônia e alguns despertares úmidos.

Lá fora, a casa convida. Quando todos aquietam, eu escuto. É fechar os olhos e atravessar as paredes, entre os transeuntes noturnos. Sei deles, eles de mim. A casa nos apresentou, uma ossuda anfitriã de festa. Seguro meus pés com os dentes. Mordo no cobertor o dia em que aceitarei o passeio. Uma raça de silhuetas. Vê-los será nunca mais sair de entre eles. Nenhuma casa acorda como esta. Enquanto dormimos, ela afunda a goles miúdos, avança paciente sobre a família.

Eu lembro. Naquela noite de luzes e contraluzes, eu nem ouvia o sermão dedo-em-pé do meu pai, nem me espantava da sede sumida. Eu pensava era em quem teria empilhado as almofadas na exata altura de um homem e as espalharia como braços nos apoios do sofá. Eu fungava o cheiro inegável da fumaça de um cigarro que ninguém viu aceso.

Na madrugada, a casa continua chamando.

O demônio familiar criou-se no cesto de roupas sujas, amamentado por humores e azedumes, mordendo mágoas na fibra dos tecidos. Cresceu para os corredores, treinando baques de ventos e assobios delgados. Especializou-se em imitar as vozes. Chamava por um filho com a ordem da mãe, ou remedava o brado de um irmão, adivinhando segredos nos músculos de quem ouvia. Pesou travas sob a pele, traduziu impaciências. Depois, fez-se ventríloquo, recuperando palavras que não saíram nas frases. Pequenas setas de zarabatana, pingando um veneno grosso. Mentia com um armorial de verdades.

Quantas vezes o exorcizamos, o demônio? Quantas, nos prantos de hospital, num presente sem data trazido da rua, num afago no alto da cabeça, na mesa de pão e cerveja, farta de nós todos? Quando encontramos, num canto improvável da casa, a liga que nos escreveu iguais? Mas ele volta ao seu berço — seu maior ardil, a espera —, crescendo em gotas, quando não mais reconhecemos nossas formas, bebendo a goles de nuvem os nossos assassinatos diários.

"A senhora não precisa mais ficar triste."
Disse assim, do nada, de uma colherada para a outra, a banana amassada pela metade. A mãe assustou-se na xícara do café.
"Quem disse que estou triste?"
"Eu sei. A senhora anda encostada em poucas palavras, paredes na boca. Sei, porque tem me dado pouco riso."
O café retornou ao pó, na garganta. Ela suspirou.
"Tenho? Impressão, Jeremias. Mamãe está sorrindo, veja." Tentou desviar a conversa. "Seu pai reparou o sumiço de algumas coisas na garagem. Ferramentas, uma furadeira, um par de botas. Por acaso o senhor andou mexendo?"
Ele nem, prosseguiu. "Eu também sei por quê. É por conta da avó. Também ficaria triste se não tivesse mais a senhora."
Ô, filho, venha cá. "Você é tão pequeno, não devia se ocupar dessas coisas. Mamãe ama tanto."
Ele se esquivou.

"Presta atenção, mãe. Tô dizendo que a senhora não precisa mais estar triste. Eu também nunca. Ninguém mais não."

"Do que está falando, menino?"

"Eu sei como trazer a avó. Ela aqui. A senhora está ouvindo, agora?"

A palma suou contra o azulejo do balcão. Ele continuou.

"A senhora disse, dia desses, lembra?, fantasmas não existem, são coisas inventadas. A avó morreu, a casa entristeceu tanto. A senhora anoiteceu. Eu pensei, morta, ela não volta. Mas e se eu inventar o fantasma da avó? Assim, ao menos, ela estaria aqui, na noite, no escuro."

"Não funciona, filho, eu quis dizer outra coisa. Não tem volta, não tem fantasma. Quem foi, deixa só a lembrança, porque a gente é quem fica, com a saudade. Esquece. Me fala, você foi à garagem? Viu as coisas do seu pai?"

"Tem volta, mãe. Escuta, ouve! Eu tentei. Domingo, eu fiquei no escuro. Se inventasse um fantasma, transparente, pequeno que fosse, era um sucesso. Depois de aprendido, podíamos, eu e a senhora, juntos, lembrando, somando nossa força, criar o da avó. Pensei, e de tanta força fiquei sem ar, e minha cabeça doía e ficava leve. Pensei, pareça com alguém que gosto, assim não terei medo. Pareça com papai.

"Na hora, nada. Mas acordei de madrugada, eu ouvi, vi da janela. Ele vinha da garagem, uma luz saindo da barriga, investigava portas, paredes. Usava as botas do pai, a bolsa dele nas costas. Foi pela rua embora.

"Ontem, veio de novo. Eu tomei coragem, mãe. Quando ele apontou no quintal, eu bati na janela. Chamei baixinho. Ele me viu, meu fantasma. Não tenho medo, eu disse, quero conversar. Ele prometeu. Se eu deixasse a janela aberta, hoje, ele voltaria."

A xícara na mão ainda guardava o gole e ela tentava, mas o menino não cabia nos seus olhos.

"Mãe? Por que ele não parece com o pai?"

... eu chego a uma longa rua estreita, com uma alta parede lateral. Por toda sua extensão, enfileiram-se desenhos em preto e branco, pequenos monstros de carvão e cal gravados à meia altura. Reconheço-os de outros sonhos, já de uma outra era. Este com olhos de rompe-ferro e corpanzil de barro aguarda no armário para velar meu sono; este com focinho de musaranho e unhas de gato curva-se sempre sobre o próprio ventre, para devorar seus filhos, ainda no

nascimento, antes que eles mesmos provem da sua carne; o próximo, com as orelhas arriadas e dedos de passa, respira apenas o último suspiro de velhos moribundos, fadado a viver de leito em leito, até que a morte se canse. Aquele outro, para o qual evito até olhar, é uma voz que um dia atravessou um oceano, para espreitar a meu lado direito, um milímetro antes de meu raio de visão.

Sigo a galeria de figuras conhecidas, estendida por metros e metros, até encontrar o garoto que, de tão familiar, poderia ser eu mesmo. Com o pedaço de carvão vegetal que segura, dá contorno ao monstro que apaga as luzes dos quartos que ninguém mais visitará. O menino me fita, em busca de concordância, mas eu alerto que a gravura está incompleta. Após um pequeno intervalo de reestudo, ele estala a língua numa epifania. Do bolso do calção encardido, ele retira um canivete e faz brotar, na palheta da mão, a cor que faltava na obra.

Toda noite, a casa embola num sono de cão. Vez em vez, espreguiça a ginástica de paredes e tetos, lembrando dias menos silenciosos. Amanhece com outro desenho, outra lógica de argamassa nas entranhas. Alguém pode desconfiar do hálito sem álcool, ao despertar num quarto diferente de onde dormiu. A porta andou para a parede em frente, a cômoda trocou o canto, o piso escolheu outro ladrilho.

Hoje, quando os pêndulos do relógio na sala decidem a meia-noite, a casa grita, moenda inquieta. Tijolos roçam, vergalhões bocejam, madeira lamenta, vidros discutem. Eu tremo, seguro meus pedaços, temendo o desmonte. Pergunto, o que a casa criou?

Os olhos espantam a areia pegajosa, na pouca luz, o quarto é o mesmo que dormiu. A cabeceira aponta a parede onde um mar sem maré afoga um quadro. O guarda-roupa ainda toca o teto. A noite ainda espia pela janela a cadeira e a escrivaninha.

A casa calou, mas o vidro ainda debate. Lá fora, longe, depois da varanda, da cerca, da serra do mundo. Ou na sala. Segredos de ratos de cristal.

Quando todos os quartos abrigavam viventes, a casa nos acostumou, anoitecemos nossos hábitos. As paredes viviam acesas, a sala em seu lugar. Os risos enterravam os ruídos, eu nunca era penumbra.

Eu lembro, espreguiço, desperto.

O gelo do chão contrai os vasos calcanhares, recolhe os dedos. O frio sobe, barata assustada, por pernas e pelos, guardando-se nos bolsos. Os chinelos avançam, a mão cumprimenta a maçaneta, a porta range uma pergunta.

E responde.

A casa tem humor? Já colou portas ao chão, interrompeu escadas no teto, abriu janelas para paredes. Uma vez, fechou um banheiro sem portas no subsolo. Se pudesse, lhe mostraria um sorriso hoje. O corredor se prolonga para a neblina da vista. Aqui, lá, muito adiante, portas fechadas escondem os trincos. No final, espera a sala e o barulho. Tilintando. Enquanto os pés medem o assoalho, a sala cabe na cabeça, escondida:

Um ladrão de gibi trajado em preto, com boina, máscara e luvas, preenche um grande saco com os cristais guardados; alguém gira o gelo no uísque do escuro, aguando o passado; o fantasma de uma cozinheira antiga, saudosa da vida, preparando ruidosamente sua última sobremesa, enquanto seus olhos fitam um além para sempre vazio.

Minhas pernas estalam, as juntas experimentam o movimento no vão à frente. O escuro não vê a cachoeira da minha preguiça, o pó sobre o vidro dos meus ossos.

O corredor demora, mas acaba. Da porta da sala, o homem atenta, escuta o ruído agudo ecoando, e o procura no chão, entre as sombras dos móveis. Eu vejo seus olhos crescidos para abraçar o escuro, a tábua das suas costas.

    Aceno. Pense, olhe. Bato palmas, quase trincando. Ele ergue a vista. E me vê.

    O lustre mais antigo que a avó da avó.

    Agito os oito castiçais, pedras e lâmpadas debatendo música. Com as patas de trás, puxo do bojo o fio que me liga à eletricidade transparente do teto. No chão, me aproximo do homem, o branco da face salpicada, a carne frágil dos tornozelos. Treme dos meus gomos cristalinos, aranha de vidro.

    Está vendo? Se pudesse, mostraria um sorriso. Não quer ver?

    Ele não se move, a mão colada à parede. Lá atrás, a casa mandou os quartos embora. Apenas um corredor sem porta ou fim.

    Eu me viro para a sala, tantas noites no meu território, conferindo, acarinhando móveis, paredes, janelas. Que criou a casa para mim hoje?

    Está vendo?

    O homem prende o chão sob os pés e espanta o frio para a noite. Ele avança para a parede.

    Acende a luz.

    E aprecia o espetáculo.

Este livro foi composto na tipografia
Minion Pro, em corpo 12/17, e impresso em
papel off-white no Sistema Cameron da
Divisão Gráfica da Distribuidora Record.